キミと、いつか。

本当の“笑顔”

宮下恵茉・作
染川ゆかり・絵

集英社みらい文庫

いつだってキミは笑《わら》っているから
悩《なや》みなんてないんだと思《おも》ってた。
いつも悩《なや》んでいるのは
わたしだけだって……。
どうして教《おし》えてくれないの？
本当《ほんとう》の気持《きも》ち。
強《つよ》がらなくていいのに。
わたしだけには見《み》せてほしい。
キミの本当《ほんとう》の笑顔《えがお》を。

目次《もくじ》&人物紹介《じんぶつしょうかい》

林《はやし》 麻衣《まい》

若葉《わかば》のクラスメイト。
明《あか》るく元気《げんき》で
ボーイッシュ。
バスケ部所属《ぶしょぞく》。

鳴尾若葉《なるおわかば》

中《ちゅう》1。あだ名《な》は
"なるたん"。美人《びじん》で
さばさばした性格《せいかく》。
バレー部所属《ぶしょぞく》。
諒太《りょうた》とつきあい
はじめた。

辻本莉緒《つじもとりお》

色白《いろじろ》で美人《びじん》。
やさしくて、
ひっこみ思案《じあん》、
おとなしいタイプ。

中《なか》嶋《じま》涼《りょう》太《た》

中《ちゅう》1。若葉《わかば》と同《おな》じ小学校出身《しょうがっこうしゅっしん》で、私立《しりつ》の進学校《しんがっこう》に通《かよ》っている。見《み》た目《め》はチャラいけど、若葉《わかば》に一途《いちず》。

足《あ》立《だち》夏《な》月《つき》

バレー部《ぶ》を辞《や》め、莉緒《りお》と家庭科《かていか》研究会《けんきゅうかい》を立《た》ちあげた。

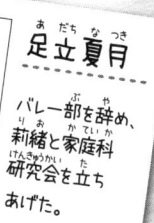

あらすじ

クリスマスまで２か月《がつ》も
あるのに、彼氏《かれし》の諒太《りょうた》は
もう浮《う》かれてる。なにか
夢中《むちゅう》になれること
ないのかな、諒太《りょうた》。

わたしは学校《がっこう》の行事《ぎょうじ》とか
部活《ぶかつ》とか、おかあさんの
出産《しゅっさん》も間近《まぢか》で、
クリスマスのことなんて
まだ考《かんが》えられないよ！

おかあさんが入院《にゅういん》した日《ひ》
の夜《よる》、諒太《りょうた》から何度《なんど》も
連絡《れんらく》がきて――
思《おも》わず電話口《でんわぐち》で
怒《おこ》っちゃった。

ある日《ひ》、諒太《りょうた》が
以前《いぜん》していた**競泳《きょうえい》**に
未練《みれん》があるらしいと
聞《き》いて、本心《ほんしん》を確《たし》かめ
ようとしたんだけど、
ケンカに
なっちゃって……。

そのあと諒太《りょうた》に連絡《れんらく》しても、**ぜんぜん返事《へんじ》がこない。**

塾《じゅく》で会《あ》っても、
わたしを**さけてる**
みたいな態度《たいど》で……。

どうしよう、
わたし、
諒太《りょうた》に嫌《きら》われ
ちゃったの……!?

続《つづ》きは本文《ほんぶん》を楽《たの》しんでね❤

1 もやもやする気《き》持《も》ち

塾《じゅく》の講習《こうしゅう》が終《お》わったとたん、諒《りょう》太《た》がばたばたとわたしの席《せき》にかけ寄《よ》ってきた。

「ねえねえ、鳴《なる》尾《お》！　クリスマス、どうする？」

「……」

わたしはだまってテキストをかばんに入《い》れ、がたんとイスから立《た》ちあがった。そのまま、教室《きょうしつ》から廊下《ろうか》へとでる。

「映画《えいが》がいい？　それとも、ショッピング？　……あっ、テーマパークでもいいよな。うーん、でも鳴《なる》尾《お》んち、夜《よる》あんまり遅《おそ》くなったらだめなんだっけ？　じゃあ、やっぱ近場《ちかば》にする？」

諒《りょう》太《た》は、わたしのまわりを子《こ》犬《いぬ》みたいにうろちょろしながら話《はな》しつづける。

わたしは足《あし》を止《と》めて、じろりと諒《りょう》太《た》をにらみつけた。

「あのさ、今日《きょう》が何月《なんがつ》か、わかってる？」

すると、諒太《りょうた》はきょとんとして首《くび》をかしげた。

「何月《なんがつ》って……、十一月《がつ》だろ？」

「そうだよ。でも、まだ十一月《がつ》に入《はい》ったとこだよね？　今《いま》から、文化祭《ぶんかさい》もあるし、部活《ぶかつ》の新人戦《しんじんせん》もあるし、期末《きまつ》テストもある。クリスマスなんてまだまだ先《さき》の話《はなし》でしょ？」

わたしの言葉《ことば》に、諒太《りょうた》は一瞬《いっしゅん》ぽかんとしてから、すぐに顔《かお》いっぱい、にこーっと笑《わら》った。

「なあんだ、そんなのどうってことないって！　だってさあ、俺《おれ》たちがつきあって初《はじ》めてのクリスマスだぜ？　今《いま》からはりきっていろいろ計画《けいかく》立《た》てたいじゃ〜ん」

諒太《りょうた》はにこにこ笑《わら》ったまま、黒目《くろめ》がちな瞳《ひとみ》でわたしを見《み》つめる。

（……まったく、もう）


わたしの目《め》の前《まえ》でうれしそうに笑《わら》っている男子《だんし》は、中嶋諒太《なかじまりょうた》。

つきあって三か月《げつ》になるわたしの彼氏《かれし》だ。

わたしたちは同《おな》じ小学校出身《しょうがっこうしゅっしん》。だけど、諒太《りょうた》は中学受験《ちゅうがくじゅけん》をして、今《いま》は遠《とお》くにある私立《しりつ》の中学《ちゅうがく》に通《かよ》っている。

ノリが軽《かる》くて見《み》た目《め》もチャラい諒太《りょうた》なんだけど、実《じつ》はこのあたりでは一番《ばん》の進学校《しんがっこう》・聡《そう》明学院《めいがくいん》に通《かよ》っている。

わざわざ地元《じもと》の塾《じゅく》になんて通《かよ》わなくていいくらい頭《あたま》がいいのに、わたしに会《あ》いたいからと辞《や》めずに続《つづ》けているらしい。

だから、会《あ》えるのは週《しゅう》に二度《ど》、この啓輝塾《けいきじゅく》でだけ。

そのたび諒太《りょうた》はみんなの前《まえ》で、「鳴尾《なるお》、今日《きょう》もかわいいな！」とか「大好《だいす》き！」とか言《い》ってくる。

わたしは自分《じぶん》の気持《きも》ちを言葉《ことば》にするのが苦手《にがて》だから、そういうことを、まったくはずかしがらずに堂々《どうどう》と言《い》えちゃう諒太《りょうた》って、ホントすごいなって心《こころ》から思《おも》う。

（でもさあ）

夏休《なつやす》みが明《あ》けてからというもの、わたしは体育祭《たいいくさい》の応援《おうえん》リーダーをまかされて、めまぐるしい日々《ひび》を送《おく》っている。

くわえて部活《ぶかつ》では、三年生《ねんせい》の先輩《せんぱい》たちが引退《いんたい》したあと、秋《あき》の新人戦《しんじんせん》にむけて、今《いま》まで以《い》

上《じょう》に気合《きあ》いを入《い》れて練習《れんしゅう》しなくちゃいけない。

それだけでもじゅうぶん大変《たいへん》なのに、今《いま》、わたしの家《いえ》ではおかあさんが出産《しゅっさん》を控《ひか》えていて、長女《ちょうじょ》のわたしは、幼《おさな》い三人《にん》の弟《おとうと》たちの世話《せわ》もしなきゃいけないんだよね。

そんなときに、二か月《げつ》近《ちか》く先《さき》のクリスマスの話《はなし》なんてされても、ぜんぜんピンとこない。


「だいたいさあ、そんなこと言《い》ってていいわけ？　クリスマスの前《まえ》に期末《きまつ》があるんだよ？」

わたしの言葉《ことば》に、諒太《りょうた》がへらっと笑《わら》う。

「だーいじょうぶだって。まだ一年生《ねんせい》なんだから、少《すこ》しくらい成績《せいせき》が悪《わる》くても……」

そこまで言《い》ったところで、背後《はいご》からプリントの束《たば》をつかんだ腕《うで》がにゅっと伸《の》びてきた。

そして、
ぺしっ
いきなり諒太《りょうた》の頭《あたま》をはたいた。

「イテッ！　なんだよ」

そう言《い》って諒太《りょうた》がふりむくと、わたしたちの前《まえ》に担当《たんとう》クラスの先生《せんせい》が立《た》っていた。

「おい、諒太《りょうた》。まだ一年生《ねんせい》だからなんだって？」

「……えっ？　ええっと、そんなこと、言《い》いましたっけ？」

あわててごまかし笑《わら》いをしたけど、先生《せんせい》は眼鏡《めがね》を指《ゆび》で押《お》しあげて、諒太《りょうた》をじろりとにらんだ。

「ウソつけ。今《いま》、『少《すこ》しくらい成績《せいせき》が悪《わる》くてもだいじょうぶだ』とかなんとか言《い》ってただろうが」

「……ちぇっ、聞《き》こえてたならいちいち聞《き》かなくてもいいのに」

小声《こごえ》でぶつぶつ文句《もんく》を言《い》う諒太《りょうた》を無視《むし》して、先生《せんせい》がわたしのほうにむきなおった。

「鳴尾《なるお》さん、きみもだよ。前回《ぜんかい》の中間《ちゅうかん》はちょっとふるわなかったようだけど、成績《せいせき》は一度《いちど》落《お》ちると取《と》りもどすのが大変《たいへん》だからね。次回《じかい》の期末《きまつ》は、しっかり挽回《ばんかい》できるようにがんばらなきゃ」

ズバリ正論《せいろん》をついてくる先生《せんせい》の言葉《ことば》に、思《おも》わずうなだれる。

「……はい、がんばります」

そうなのだ。先生《せんせい》の言《い》うとおり、二学期《がっき》に入《はい》ってからのあれやこれやでぜんぜん勉強《べんきょう》する時間《じかん》が取《と》れなくて、中間《ちゅうかん》テストの結果《けっか》は自分《じぶん》でも情《なさ》けなくなるくらい悪《わる》かった。先生《せんせい》になにも言《い》いかえすことはできない。

素直《すなお》にうなずくわたしを見《み》て、先生《せんせい》は満足《まんぞく》そうに目《め》を細《ほそ》めると、

「じゃあ、ふたりとも、気《き》をつけて帰《かえ》りなさい」

そう言《い》って、プリントの束《たば》をかかえて行《い》ってしまった。

「ほらー、諒太《りょうた》のせいで、わたしまでおこられちゃったじゃん」

先生《せんせい》のうしろ姿《すがた》を見送《みおく》ってわたしがにらむと、

「べつに成績《せいせき》だけがすべてじゃないって。中学《ちゅうがく》一年《ねん》のクリスマスなんて、一生《いっしょう》に一度《ど》しかないんだぜ？　気《き》にしない、気《き》にしない」

諒太《りょうた》はいつもの調子《ちょうし》で笑《わら》い飛《と》ばした。

（もう、諒太《りょうた》ってば、ホント能天気《のうてんき》なんだから）

諒太《りょうた》の家《いえ》は、このあたりで一番大《いちばんおお》きな中嶋総合病院《なかじまそうごうびょういん》を経営《けいえい》している。

同《おな》じ塾《じゅく》に通《かよ》う諒太《りょうた》の友《とも》だち・広瀬《ひろせ》と坂田《さかた》から聞《き》いた話《はなし》によると、諒太《りょうた》のおかあさんは、

ているそうだ。

諒太《りょうた》が啓輝塾《けいきじゅく》に通《かよ》うことをよく思《おも》っていないらしい。本当《ほんとう》は、家庭教師《かていきょうし》をつけたいと考《かんが》え

（そりゃあそうだよねえ）

聡明《そうめい》といえば、全国的《ぜんこくてき》に名前《なまえ》の知《し》られた名門校《めいもんこう》だ。

せっかくそんなすごい学校《がっこう》に入学《にゅうがく》したというのに成績《せいせき》が悪《わる》ければ、諒太《りょうた》のおかあさんじゃなくても心配《しんぱい》するだろう。

聡明《そうめい》はわたしたちの住《す》むつつじ台《だい》からかなり遠《とお》いところにある。

わたしは平日《へいじつ》だけでなく、土日《どにち》にも部活《ぶかつ》があることが多《おお》いから、諒太《りょうた》が塾《じゅく》を辞《や》めさせられてしまったら、クリスマスどころか、この先《さき》なかなか会《あ》えなくなってしまう。

（それなのに、『成績《せいせき》だけがすべてじゃない』だなんて、よく言《い》うよ！）

「とにかく、クリスマスのことは、期末試験《きまつしけん》が終《お》わってからね。それにうち、もうすぐ弟《おとうと》が生《う》まれるから、それどころじゃないし」

きっぱりそう言《い》って歩《ある》きだしたら、諒太《りょうた》があわててわたしを追《お》いかけてきた。

「んもー。鳴尾《なるお》ってホントまじめだなあ。先生《せんせい》の言《い》うことなんて、いちいち気《き》にしなくていいのに。……ま、鳴尾《なるお》のそういうところが俺《おれ》、大好《だいす》きなんだけど！」

諒太《りょうた》はわたしの横《よこ》でへらへら笑《わら》いながら、またそんなチャラいことを言《い》っている。

（あ〜あ、こんな彼氏《かれし》でよかったのかなあ）

諒太《りょうた》はわたしにむかって、『大好《だいす》き』と連発《れんぱつ》するけれど、言《い》われれば言《い》われるほど、なんだか軽《かる》い言葉《ことば》に感《かん》じてしまう。

本当《ほんとう》にわたしのことが好《す》きなら、もうちょっとまじめにいろんなことを考《かんが》えてくれたらいいのに。

諒太《りょうた》に気《き》づかれないように小《ちい》さく息《いき》をついて、わたしは塾《じゅく》の受付前《うけつけまえ》にあるカードリーダーをピッとならした。

2

お昼休《ひるやす》みの女子《じょし》トーク

「それでさあ」

お昼休《ひるやす》み、まわりでおしゃべりをしている声《こえ》をぼんやり聞《き》きながら、頭《あたま》のなかで放課後《ほうかご》の段取《だんど》りを考《かんが》える。

(今日《きょう》っておとうさん、日帰《ひがえ》り出張《しゅっちょう》だって言《い》ってたよね。じゃあ、晩《ばん》ごはんはレトルトカレーでもいいか。あー、でも、もう買《か》いおきなかったかな。部活《ぶかつ》のあと、すぐ買《か》い物《もの》行《い》かなきゃ)

すると、

「……ねえ、なるたんたら!」

ふいに肩《かた》を揺《ゆ》さぶられた。

はっとして、意識《いしき》をもどす。

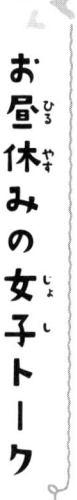

「あ、ごめん。なに？」

わたしの言葉《ことば》に、夏月《なつき》が、むうっと口《くち》をとがらせた。

「も～、やっぱり聞《き》いてないしぃ～」

お昼休《ひるやす》み、昼練《ひるれん》がない日《ひ》はたいてい、机《つくえ》を寄《よ》せあっておなじみのメンバーでお弁当《べんとう》を食《た》べている。

いつも明《あか》るくて元気《げんき》いっぱいのまいまいこと、林麻衣《はやしまい》。

いかにも女《おんな》の子《こ》って雰囲気《ふんいき》の美少女《びしょうじょ》・辻本《つじもと》さんこと、辻本莉緒《つじもとりお》。

それからお調子者《ちょうしもの》の夏月《なつき》こと、足立夏月《あだちなつき》。

まいまい以外《いがい》のふたりとは、中学《ちゅうがく》に入《はい》ってから友《とも》だちになった。

……といっても、最初《さいしょ》からすんなり仲《なか》よくなったわけじゃない。

一学期《がっき》、いろんな出来事《できごと》をとおして自然《しぜん》とこのメンバーになったという感《かん》じ。

だけど、わたしたちはほかの女子《じょし》グループとはちがって、四六時中《しろくじちゅう》べったり四人《よにん》でいっしょにいるわけではない。

用事《ようじ》があるときは、それぞれひとりで行動《こうどう》するし、それに対《たい》してだれも文句《もんく》を言《い》ったりしない。

はっきり言《い》って、わたしはべたべたした女子同士《じょしどうし》のつきあいがすっごい苦手《にがて》。

だからこの四人《よにん》の距離感《きょりかん》が、とても居心地《いごこち》いい。


「ごめんごめん。考え事《かんがごと》してたんだ。で、なんの話《はなし》だっけ？」

わたしが聞《き》くと、夏月《なつき》はふくれっつらのまま答《こた》えた。

「だからあ〜、十二月《がつ》の家庭科研究会《かていかけんきゅうかい》で作《つく》るメニューのことだってば！　見《み》て、これでいいと思《おも》う？」

夏月《なつき》はそう言《い》いながら、机《つくえ》の上《うえ》にノートをひろげた。

そこには、『チキンときのこのキッシュ、クリスマス風《ふう》クラムチャウダー、デコレーションカップケーキ』と書《か》いてある。

「へえ〜、すっごい豪華《ごうか》じゃん」

わたしが言《い》うと、夏月《なつき》はすっかり機嫌《きげん》をなおしたようで、「でっしょー！」と鼻《はな》の穴《あな》をひろげた。

夏月《なつき》と辻本《つじもと》さんが『家庭科研究会《かていかけんきゅうかい》』を立《た》ちあげたのは、二学期《がっき》に入《はい》ってすぐのこと。

今《いま》はまだふたりきりの部活《ぶかつ》だけど、月《つき》に一度《ど》、試食会《ししょくかい》を企画《きかく》したりしてとっても楽《たの》しそうに活動《かつどう》している。

「九月《がつ》はレモンがテーマだったでしょ？　十月《がつ》はかぼちゃで、今月《こんげつ》はサツマイモにする予定《よてい》。で、来月《らいげつ》はせっかくだからクリスマスをテーマに、スイーツだけじゃなくてお料理《りょうり》にも挑戦《ちょうせん》しようって決《き》めたんだよ。ねえ〜？」

夏月《なつき》はにこにこ笑《わら》って、辻本《つじもと》さんにむかって首《くび》をかしげる。

「先生《せんせい》の許可《きょか》がもらえたら、余《あま》った予算《よさん》でお皿《さら》とかテーブルセッティングとかにも凝《こ》りたいよね」

辻本《つじもと》さんも、うれしそうにうなずいている。

「うんうん、ぜったいかわいいよ〜。今回《こんかい》もたくさん参加者《さんかしゃ》がいるといいなあ」

夏月《なつき》の言《い》うとおり、十月《がつ》に行《おこな》われた家庭科研究会《かていかけんきゅうかい》のスイーツ試食会《ししょくかい》には、ほかのクラスの女子《じょし》も含《ふく》めて十名《めい》ほどの参加者《さんかしゃ》がいた。

試食会《ししょくかい》のあと、バレー部内《ぶない》でもかなり話題《わだい》になっていたから、きっと今月《こんげつ》はもっと参加《さんか》者《しゃ》が増《ふ》えるだろう。

「でもさ、試食会《ししょくかい》には来《き》てくれるけど、入部希望者《にゅうぶきぼうしゃ》はまだいないんだよねえ。ま、そのほうが莉緒《りお》とふたりで活動《かつどう》できて気楽《きらく》だけど。……あっ、そうだ！」

夏月《なつき》が、なにか思《おも》いついたように、イスから立《た》ちあがった。

「ねえねえ、せっかくクリスマス向《む》きの料理《りょうり》を考《かんが》えたんだしさ、クリスマスイブ、わたしんちでパーティーとかしちゃわない？」

夏月《なつき》の言葉《ことば》に、一瞬《いっしゅん》みんながだまりこむ。

「クリスマス、ねえ。……うーん」

まいまいが考《かんが》えこむフリをした。なのに、なぜだか口《くち》もとがゆるんでいる。

「なにひとりで笑《わら》ってんのよ、気持《きも》ち悪《わる》いなあ。クリスマスになんかあるわけ？」

夏月《なつき》のするどいツッコミが入《はい》り、まいまいがとたんにムッとした。

「……だっ、だれが気持《きも》ち悪《わる》いよっ」

「だって、今《いま》、こーんな顔《かお》してにたにたしてたじゃーん」

夏月《なつき》が手《て》で両目《りょうめ》をふにゃっと押《お》しさげてみせる。

「そんな顔《かお》してないっつーの！」

顔《かお》を赤《あか》くして文句《もんく》を言《い》うまいまいを見《み》て、ぴんときた。

「もしかして、まいまい、クリスマスに小坂《こさか》となにか約束《やくそく》でもしてるわけ？」

わたしがたずねると、まいまいはぐっと言葉《ことば》をつまらせてから、ふにゃ〜っと表情《ひょうじょう》を崩《くず》した。

「えへへ、実《じつ》はそうなんだあ。小坂《こさか》んちのおねえさんから、クリパにお呼《よ》ばれしちゃっててえ」

まいまいが、小学校《しょうがっこう》のころからずっと片思《かたおも》いしていた一組《くみ》の小坂悠馬《こさかゆうま》と両想《りょうおも》いになったのは、梅雨《つゆ》のころのこと。

二学期《がっき》の最初《さいしょ》のころはぎくしゃくした時期《じき》もあったみたいだけど、最近《さいきん》はふたりでデートしたり、いっしょに下校《げこう》したりして、仲《なか》よくやっているようだ。

もうすぐ結婚《けっこん》するという小坂《こさか》のおねえさんから、お祝《いわ》いパーティーにも呼《よ》ばれているらしい。

(まいまいは顔《かお》にでるから、今《いま》、小坂《こさか》とどうなってるのか、すぐわかっちゃうんだよね)

くすっと笑《わら》ったら、まいまいがわたしを横目《よこめ》でにらんだ。

「人《ひと》のこと笑《わら》ってるけど、なるたんだってクリスマス、諒太《りょうた》とどっか行《い》くんじゃないの?」

すかさずツッコミかえされて、言葉《ことば》につまる。

「ええっと、それは……」

ちゃんと約束《やくそく》したわけじゃないけど、諒太《りょうた》に誘《さそ》われてるのは事実《じじつ》だ。

どう答《こた》えようか迷《まよ》っていると、まいまいは今度《こんど》は辻本《つじもと》さんのことをびしっと指《ゆび》さした。

「莉緒《りお》だって、もちろん石崎《いしざき》くんと約束《やくそく》してるんでしょ?」

とたんに、辻本《つじもと》さんの真《ま》っ白《しろ》な肌《はだ》がぽっと赤《あか》く染《そ》まった。

「……うん。映画《えいが》に行《い》く約束《やくそく》してる」

ガタン

さっきすごい勢《いきお》いで立《た》ちあがった夏月《なつき》が、口《くち》から魂《たましい》がぬけでたような顔《かお》で、イスに腰《こし》かけた。

「……あっそ。どうせわたしだけですよ。クリスマスにヒマこいてる非《ひ》モテ女子《じょし》は」

そう言《い》って、いじけたように肩《かた》を落《お》とす。

「みんなはいいよね。彼氏《かれし》がいて。あ〜あ、わたしひとり、孤独《こどく》なクリスマスイブかあ」

夏月《なつき》はどよーんと落《お》ちこんで、わたしたちに背中《せなか》をむけた。

「よっく言《い》うよ！」

すぐにまいまいが、ばしーんと勢《いきお》いよく夏月《なつき》の背中《せなか》をたたく。

「イッタ！」

夏月《なつき》が前《まえ》のめりにずっこけた。

「夏月《なつき》だって、ちゃんとクリスマスいっしょに過《す》ごせる相手《あいて》、いるじゃーん。ねえ？」

首《くび》をかしげて、わたしたちに同意《どうい》を求《もと》める。

「……は？　だれのこと？」

背中《せなか》を押《お》さえながら夏月《なつき》がとぼけてみせると、まいまいは今度《こんど》は肘《ひじ》で夏月《なつき》の腕《うで》をぐりぐ

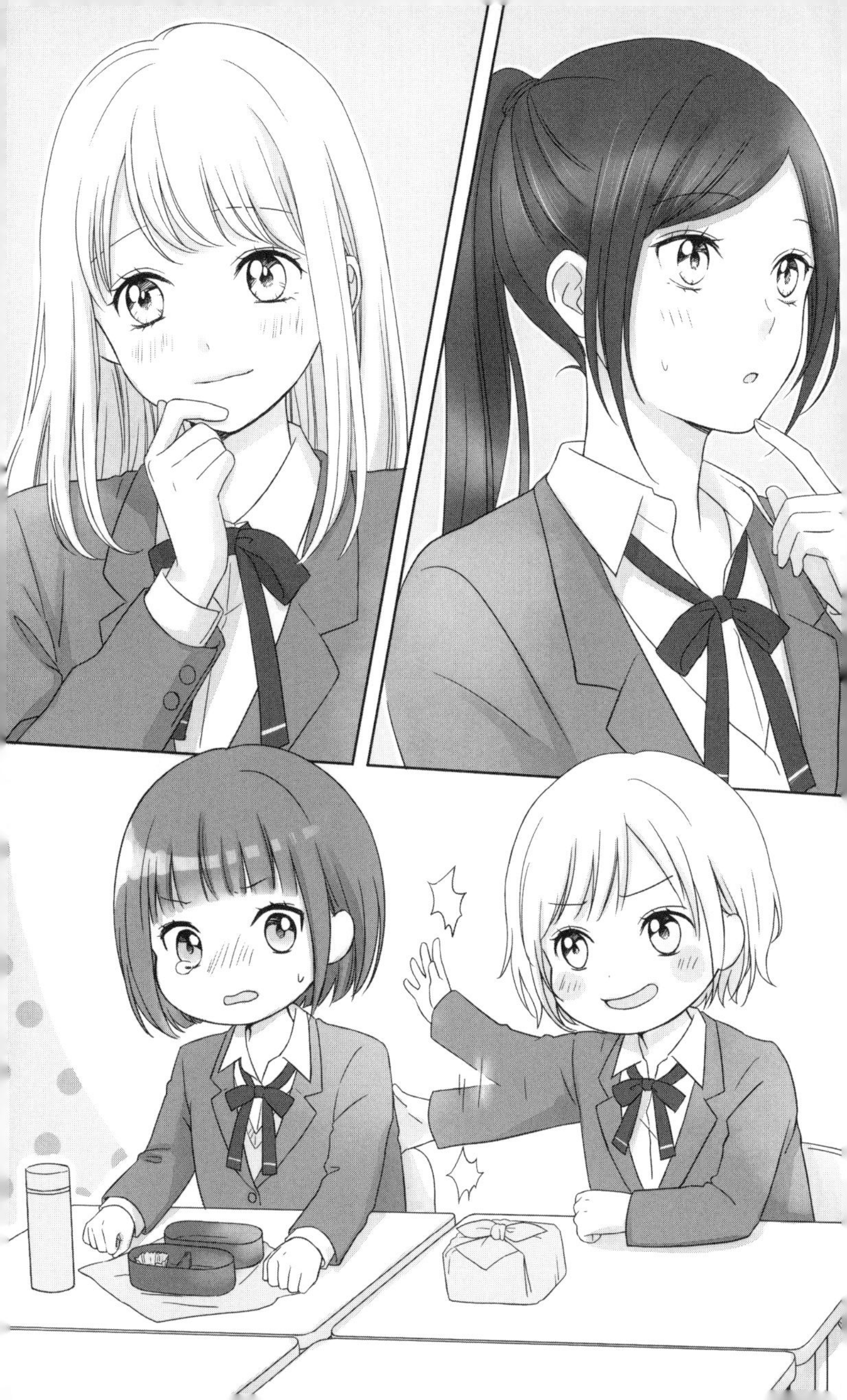

り押《お》した。

「決《き》まってるでしょ！　吉村《よしむら》くんじゃあん」

とたんに、夏月《なつき》がケッと鼻《はな》をならした。

「何度《なんど》も言《い》ってるけど、祥吾《しょうご》はそういうんじゃないんだってば。ただの、お、さ、な、な、じ、み！」

強調《きょうちょう》するように一語《ご》ずつ区切《くぎ》ってみせる。

「ま〜たまた、そんなこと言《い》っちゃって。せっかくだから作《つく》ったお菓子《かし》、プレゼントしてあげれば？　そしたら急接近《きゅうせっきん》できるかもよ〜」

「すご〜い、おさななじみとの恋《こい》だなんて、少女《しょうじょ》まんがみたい。すてき〜！」

きゃーっとまいまいと辻本《つじもと》さんが声《こえ》をあげる。

「ないない！　そんなの、ぜったいないって！　それに、どうせ祥吾《しょうご》は野球《やきゅう》ばっかりで、それどころじゃないしね」

夏月《なつき》はそう言《い》いながらも、まんざらでもなさそうだ。

（素直《すなお》じゃないんだから）

わたしは吹《ふ》きだしそうになるのをがまんして、夏月《なつき》を見《み》た。

野球部《やきゅうぶ》の吉村祥吾《よしむらしょうご》は夏月《なつき》のおさななじみだ。みんなででかけた夏祭《なつまつ》りのときにも、つれてきていた。

吉村《よしむら》くんは諒太《りょうた》とは正反対《せいはんたい》の性格《せいかく》で、無口《むくち》でぶっきらぼうな印象《いんしょう》だったけど、いやな感《かん》じの男子《だんし》ではなかった。

ふたりの様子《ようす》を見《み》ていたら、ぜったい両想《りょうおも》いだよなって思《おも》うけど、夏月《なつき》はかたくなにみとめようとしないんだよね。

「はあ～、クリスマス、ひとりぼっちだ。クリぼっちだよ」

がくーんと肩《かた》を落《お》とす夏月《なつき》を、辻本《つじもと》さんとまいまいがなぐさめだす。

「そんなこと言《い》わないで」

「そうそう、別《べつ》の日《ひ》にクリパしよ？　ね？」

見《み》かねてわたしも口《くち》をはさんだ。

「そんなに落《お》ちこまなくてもいいじゃん。わたしだって、もしかしたらクリぼっちになるかもしれないし」

その言葉《ことば》に、みんながぎょっとした顔《かお》でこっちを見《み》た。

「えっ、なんで？」

「諒太《りょうた》とケンカでもした？」

矢継《やつ》ぎ早《ばや》に聞《き》かれて、きょとんとする。

「……えっ？　ううん、そういうわけじゃないけどさ。だって、わたし部活《ぶかつ》とか家《いえ》のことで忙《いそが》しいし」

すると、まいまいがわなわなと肩《かた》をふるわせた。

「なに言《い》ってんのよ、なるたん！」

そう言《い》って、がしっとわたしの肩《かた》をつかむ。

「今年《ことし》は、諒太《りょうた》となるたんも、つきあいはじめて初《はじ》めてのクリスマスでしょ？　諒太《りょうた》のことだから、ぜったいに完璧《かんぺき》なクリスマスプラン、今《いま》から考《かんが》えてるはずだよ」

「うーん。でも、うち、もうすぐ弟《おとうと》が生《う》まれそうだし、はっきり言《い》ってそれどころじゃないんだよねえ」

言《い》い訳《わけ》するようにつぶやくと、まいまいがあきれたように息《いき》をはいた。

「それはわかるけどさあ。べつにクリスマスに会《あ》うくらい時間《じかん》作《つく》れるでしょ？　諒太《りょうた》がかわいそうだよ」

「そうだよ！　せっかく彼氏《かれし》がいるのに、なるたん、ゼータクすぎ！」

すかさず、夏月《なつき》もわたしを責《せ》めたててくる。

（そんなこと言《い》うけどさあ……）

わたしは食《た》べおえたお弁当《べんとう》がわりの菓子《かし》パンの袋《ふくろ》をまるめながら、心《こころ》のなかで反論《はんろん》する。

家《いえ》のことで忙《いそが》しいっていうのも、たしかに理由《りゆう》のひとつだけど、わたしが最近《さいきん》の諒太《りょうた》にもやもやしているのには、もうひとつ理由《りゆう》がある。

（諒太《りょうた》にも、なにか一生懸命《いっしょうけんめい》になれることってないのかなあ）

せっかくトップクラスの進学校《しんがっこう》に通《かよ》っているというのに、勉強《べんきょう》に身《み》が入《はい》らないみたいだし（といっても、わたしよりはずっといい成績《せいせき》なんだけど）、なにより部活《ぶかつ》もしてないし。

いつもへらへら笑《わら》って、わたしとのデートのことばかり考《かんが》えているのが、なんか頼《たよ》りない感《かん》じがするんだよね。

なにかひとつのことに打《う》ちこんでる諒太《りょうた》のカッコいい姿《すがた》を見《み》たいのに。

（あ〜あ、諒太《りょうた》。どうして競泳《きょうえい》辞《や》めちゃったんだろ）

小学校《しょうがっこう》時代《じだい》の諒太《りょうた》は、学校内《がっこうない》でちょっとした有名人《ゆうめいじん》だった。女《おんな》の子《こ》みたいな見《み》た目《め》で着《き》ている服《ふく》もおしゃれだから、もともと目立《めだ》つ存在《そんざい》ではあったんだけど、低学年《ていがくねん》のころから競泳《きょうえい》の大会《たいかい》で入賞《にゅうしょう》したといってはよく朝礼《ちょうれい》で表彰《ひょうしょう》されていた。

それで、同学年《どうがくねん》はもちろん、ほかの学年《がくねん》の間《あいだ》でも諒太《りょうた》の名前《なまえ》を知《し》らない子《こ》はいなかった。学校《がっこう》の校舎《こうしゃ》に、でかでかと諒太《りょうた》の名前《なまえ》が書《か》かれた横断幕《おうだんまく》がかかっていたこともあったし。

だからわたしも、五年生《ねんせい》で同《おな》じクラスになったとき、諒太《りょうた》の姿《すがた》を見《み》て（『中嶋諒太《なかじまりょうた》』ってこの子《こ》のことかあ）ってすぐにわかった。

出席番号《しゅっせきばんごう》が近《ちか》くて、話《はなし》をするようになったら、諒太《りょうた》はなぜだかわたしのことを気《き》に入《い》ったようで、「つきあって！」「大好《だいす》き！」と猛《もう》アピールしてくるようになった。

当時《とうじ》のわたしは男子《だんし》とつきあうなんてことにまったく興味《きょうみ》がなかったから、断《ことわ》りつづけていたんだけど、中学《ちゅうがく》になってからいろんな相談《そうだん》にのってもらうようになって、つきあうようになったんだよね。

基本的《きほんてき》に諒太《りょうた》の性格《せいかく》は小学校時代《しょうがっこうじだい》から変《か》わっていない。

素直《すなお》でやさしくてとってもいい子《こ》なんだけど、わたしとしては、もうちょっと自分《じぶん》の芯《しん》みたいなものを持《も》ってほしいなあと思《おも》う。

夏月《なつき》は吉村《よしむら》くんのこと、野球《やきゅう》バカだなんてよくぼやいているけど、わたしは諒太《りょうた》みたいにちゃらちゃらした男子《だんし》よりも、吉村《よしむら》くんみたいに、自分《じぶん》のやりたいことを一生懸命《いっしょうけんめい》がんばる男子《だんし》のほうがいいと思《おも》うけどなあ。

そんなこと、諒太《りょうた》にはもちろん、だれにも言《い》えないんだけど……。

3 しっかりしなくっちゃ！

（あー、もう遅《おそ》くなっちゃった）

大通《おおどお》りの信号《しんごう》が青《あお》に変《か》わるのを、足踏《あしぶ》みしながら待《ま》つ。

食料品《しょくりょうひん》の買《か》い物《もの》に行《い》かなきゃいけないから、なるべく早《はや》く帰《かえ》ろうと思《おも》っていたのに、思《おも》いがけず部活《ぶかつ》の練習《れんしゅう》が長引《ながび》いてしまった。

もうすぐ文化祭《ぶんかさい》があるし、練習時間《れんしゅうじかん》がずれこむのはしょうがないことなんだけど、今《いま》のわたしには一分一秒《いっぷんいちびょう》でも惜《お》しいのだ。

信号《しんごう》が変《か》わって、かけ足《あし》で横断歩道《おうだんほどう》をわたっていたら、つつじ台公園《だいこうえん》の横《よこ》にある歩道《ほどう》を、こっちにむかって真剣《しんけん》な顔《かお》でかけてくるノゾムの姿《すがた》が見《み》えた。

（あれっ、ノゾム？　こんな時間《じかん》からどこ行《い》く気《き》なんだろ？）

小学校《しょうがっこう》から帰《かえ》ってきたら、幼稚園《ようちえん》から先《さき》に帰《かえ》っているアユムとススムと遊《あそ》んであげてねって頼《たの》んでおいたのに、ふたりをほったらかしにして外《そと》でうろうろしてるなんて！

「こらー、ノゾム！　なんでこんなとこにいるのっ！」

大《おお》きな声《こえ》でそう言《い》うと、ノゾムはとたんに顔《かお》をくしゃりとゆがめた。

「おねえーちゃぁあーん！」

そう言《い》って、わあわあと泣《な》きだした。

「ちょっ……、ちょっと、べつにそんなにきつくおこってないじゃない。どうしたのよ」

あわててかけ寄《よ》ると、ノゾムはひっくひっくとしゃくりあげながら続《つづ》けた。

「お、おかあ、さん、が……！」

「……えっ、おかあさん？」

(もしかして、なにかあったの？)

おなかの底《そこ》が、ひやりとする。

どうしよう。今日《きょう》、おとうさんは、出張《しゅっちょう》で帰《かえ》ってくるのが十二時《じ》をまわるかもしれないと言《い》っていた。

両方《りょうほう》のおじいちゃんおばあちゃんは、遠《とお》くに住《す》んでいてすぐに来《き》てもらうことなんてできない。家《いえ》には双子《ふたご》のアユムとススムもいる。

中学生《ちゅうがくせい》のわたしひとりで、対処《たいしょ》できるだろうか。

急《きゅう》にこわくなって、足《あし》がすくみそうになったけど、わたしの横《よこ》で泣《な》いているノゾムを見《み》て気《き》がついた。

悩《なや》んでる暇《ひま》はない。

わたしはおねえちゃんなんだ。やるしかない。

すぐに家《いえ》にかけだしたくなる衝動《しょうどう》をおさえ、泣《な》きじゃくるノゾムを思《おも》いきりぎゅっと抱《だ》きしめた。

「大丈夫《だいじょうぶ》だよ、ノゾム！」

わあわあ泣《な》いていたノゾムが、ぴたりと泣《な》きやむ。

「教《おし》えて。おかあさん、どうしたの？」

「あの、ね。おやつ、四人《よにん》で食《た》べてたら、きゅうに、おかあさん、が、おなかが痛《いた》いって言《い》ってね」

そのときのことを思《おも》いだしたのか、ノゾムの顔《かお》がまた大《おお》きくゆがむ。

「それで？」

わたしはノゾムの両手《りょうて》をぎゅっとにぎりしめて、続《つづ》きをうながした。

「こたつで寝《ね》てるって言《い》ったから、テレビ観《み》てたら、おかあさん、『う〜ん、う〜ん』って苦《くる》しそうな声《こえ》だして、それで、おねえちゃんをさがしにきた」

「そっか。えらかったね、ノゾム」

わたしはぽんとノゾムの頭《あたま》に手《て》を置《お》いてから立《た》ちあがった。

（……おかあさん、赤《あか》ちゃんが生《う》まれるのかもしれない）

そういえば、前《まえ》に言《い》っていた。

おかあさんは今《いま》まで四人《よにん》も子《こ》どもを産《う》んでいるから、予定日《よていび》よりも早《はや》まる可能性《かのうせい》があるって。

おかあさんは、ふだんぽやーんとしているけれど、けっこうがまん強《づよ》いところがある。

今《いま》までも少々《しょうしょう》痛《いた》みがあっても、わたしたちを心配《しんぱい》させないように声《こえ》をださずにじっと耐《た》えていたことが何度《なんど》もあった。

そのおかあさんが見《み》るからに苦《くる》しそうにしているってことは、よっぽどのことだ。

「ノゾム、今《いま》から言《い》うこと、しっかり聞《き》いてよ」

わたしはノゾムの目《め》を見《み》つめて言《い》った。

「おかあさん、赤《あか》ちゃんが生《う》まれるかもしれないの。おねえちゃんもがんばるから、ノゾムもおねえちゃんのこと、助《たす》けてくれる？」

すると、ノゾムは自分《じぶん》の腕《うで》でぐいっと目《め》をぬぐってから、うんと力強《ちからづよ》くうなずいた。

「俺《おれ》も、がんばる！」

「よし！　じゃあ、家《いえ》まで走《はし》るよ！」

そう言《い》うと、ふたりでかけだした。

（……おかあさん、待《ま》ってて！）


「おかあさん！」

玄関《げんかん》のドアをあけ、スニーカーを吹《ふ》っ飛《と》ばす勢《いきお》いで脱《ぬ》ぎ散《ち》らかすと、リビングにかけこんだ。

「おねえちゃーん！」

「おそいよお〜っ」

とたんに、双子《ふたご》の弟《おとうと》・アユムとススムがわたしの足《あし》もとにすがりついてきた。

「ごめんごめん、遅《おそ》くなって。それより、おかあさんは？」

わたしの質問《しつもん》に、

「あっち」

アユムとススムがこたつを指《ゆび》さす。

「おかあさん、大丈夫《だいじょうぶ》？」

すぐにその背《せ》に手《て》をあてて顔《かお》をのぞきこむと、おかあさんが弱々《よわよわ》しく笑《わら》った。

「わ、若葉《わかば》。……おかえり」

「もしかして、生《う》まれそうなの？」

声《こえ》をひそめてそう言《い》うと、おかあさんはだまったまま首《くび》をふった。

「多分《たぶん》まだ大丈夫《だいじょうぶ》よ。陣痛《じんつう》の感覚《かんかく》、そんなに短《みじか》くないから。この調子《ちょうし》だと、おとうさんが帰《かえ》ってくるころまで家《いえ》でなんとかしのげるかなって……、イタッ」

そこまで言《い》ったところで、おかあさんがきゅっと体《からだ》を小《ちい》さくまるめた。ぜいぜいと荒《あら》い息《いき》でこたつ布団《ぶとん》をにぎりしめる。
「い、痛《いた》いの？　背中《せなか》、さすろうか？」
わたしは大急《おおいそ》ぎでこたつ布団《ぶとん》をめくって、おかあさんの腰《こし》のあたりをさすった。
弟《おとうと》たちが生《う》まれたときも、こうした覚《おぼ》えがある。
あのときはそばにおとうさんがいたから不安《ふあん》なんてなかったけど、今《いま》はそうじゃない。
まともに動《うご》けるのは、わたしひとりだ。
（どうしよう、どうしよう）
おかあさんはああ言《い》ったけど、やっぱり病院《びょういん》につれていったほうがいいかな。
でも、車《くるま》もないのに、どうやって？
救急車《きゅうきゅうしゃ》を呼《よ》べばいいの？
だけど、おおげさすぎるかもしれない。
ああ、でも万《まん》が一《いち》のことがあったら……！
ふるえそうになる手《て》を、自分《じぶん》でぎゅっとにぎりしめた。
落《お》ちつけ、若葉《わかば》。

わたしがあわてたら、ノゾムたちがこわがってしまう。

まずは、おとうさんに連絡《れんらく》だ。

キッチンカウンターの上《うえ》で充電《じゅうでん》しているスマホを取《と》りだし、すぐにおとうさんの番号《ばんごう》に電話《でんわ》をかける。

トゥルルルル
トゥルルルル
呼《よ》びだし音《おん》が数回《すうかい》なったあと、切《き》りかわった。

「も、もしもし！　おとうさん？　……わたし！」

『現在《げんざい》、電話《でんわ》にでることができません。ピーッとなったあとで留守番電話《るすばんでんわ》にメッセージをお願《ねが》いいたします』

やけに愛想《あいそう》のいい女《おんな》の人《ひと》のアナウンスが流《なが》れる。

（えーっ、おとうさんでないよ！）

焦《あせ》るわたしを横目《よこめ》に、ノゾムが不安《ふあん》そうにつぶやく。

「おねえちゃん、おかあさん、死《し》んじゃわない？」

とたんに、アユムとススムの顔色《かおいろ》が変《か》わる。

「え、おかあさん、死《し》んじゃうの？」

「やーだあー！」

ふたりとも、わあわあと声《こえ》をあげて泣《な》きだした。

「死《し》なないでえ〜〜〜っ！」

ノゾムまでが、いっしょになって泣《な》きはじめてしまった。

「落《お》ちついて。死《し》ぬわけないでしょ！　泣《な》かないのっ！」

言《い》いながら、胸《むね》の鼓動《こどう》が速《はや》くなる。

まさか死《し》んだりしないよね。だって、子《こ》どもを産《う》むだけなんだから……。

でも、前《まえ》に保健体育《ほけんたいいく》の授業《じゅぎょう》で、今《いま》でもお産《さん》でなくなる人《ひと》が一定数《いっていすう》いるって先生《せんせい》が言《い》っていた。特《とく》におかあさんは今《いま》まで何度《なんど》も入退院《にゅうたいいん》をくりかえしているし、百《ひゃく》パーセント安全《あんぜん》だなんて言《い》えないのかもしれない。

ノゾムたちの言《い》うように、最悪《さいあく》死《し》んでしまうってこともありうるかも……。

どんどん悪《わる》い想像《そうぞう》ばかりしてしまう。

すると、

リリリリン

とつぜん、手《て》のなかのスマホがなりはじめた。急《いそ》いで通話《つうわ》ボタンを押《お》す。

「も、もしもしっ？」

『悪《わる》い、若葉《わかば》。おとうさんだ。さっきは電車《でんしゃ》のなかで電話《でんわ》にでられなくてごめんな』

「おとうさん！」

わたしはスマホを持《も》ちかえて、通話口《つうわぐち》にむかって怒鳴《どな》るように続《つづ》けた。

「お、おかあさん、おなか押《お》さえて苦《くる》しそうにしてる。陣痛《じんつう》の感覚《かんかく》が短《みじか》くないから、おとうさんが帰《かえ》ってくるまでは大丈夫《だいじょうぶ》だって言《い》ってるけど、すっごい痛《いた》そうで、うんうんうなってる」

早口《はやくち》でそう言《い》うと、おとうさんは落《お》ちついた声《こえ》で答《こた》えた。

「そうか。おかあさんがそう言《い》うなら、今《いま》すぐ生《う》まれるわけじゃないんだろう。けど、おとうさん、家《いえ》につくのにまだ三時間《じかん》くらいかかりそうなんだ。念《ねん》のため、病院《びょういん》につれていくほうがいいかもしれない。若葉《わかば》、前《まえ》に教《おし》えたから、タクシーの呼《よ》び方《かた》わかるな？」

「……う、うん」

わたしは電話《でんわ》の横《よこ》にはりつけてあるメモに顔《かお》をむけた。

ずいぶん前《まえ》から書《か》きだしてある緊急電話《きんきゅうでんわ》リストに、たしか書《か》いてあったはずだ。

「おとうさん、今《いま》から病院《びょういん》に電話《でんわ》して説明《せつめい》しておくから、まずはタクシーを呼《よ》んでくれ。ノゾムたちは留守番《るすばん》させて、おかあさんには若葉《わかば》がつきそってやってくれるか？　寝室《しんしつ》に置《お》いてある入院《にゅういん》セットを持《も》って、あと、保険証《ほけんしょう》と診察券《しんさつけん》と母子手帳《ぼしてちょう》も忘《わす》れずにな。病院《びょういん》につけば、あとは看護師《かんごし》さんがなんとかしてくれるから、若葉《わかば》はそのままタクシーで家《いえ》に帰《かえ》りなさい。おとうさんは駅《えき》から病院《びょういん》に直行《ちょっこう》するし、若葉《わかば》は安心《あんしん》してノゾムたちと寝《ね》てればいいから」

おとうさんから言《い》われたことを、手早《てばや》くメモに取《と》る。

「……うん、わかった！」

「悪《わる》いが、ノゾムにかわってくれ」

おとうさんに言《い》われ、ノゾムにスマホをわたす。

「もしもし、おとうさん？　……うん、うん」

おとうさんはノゾムに弟《おとうと》たちとしばらく留守番《るすばん》をしておくように言《い》いふくめているのだろう。

ノゾムはさっきまでの不安《ふあん》そうな顔《かお》は吹《ふ》き飛《と》んで、真剣《しんけん》な顔《かお》でうなずいている。

「おねえちゃん、はい」

ノゾムからもう一度《いちど》スマホをわたされると、通話口《つうわぐち》のむこうからおとうさんの声《こえ》がした。

「こわかったろう、若葉《わかば》。ありがとうな。とにかく、おかあさんを頼《たの》む」

おとうさんの言葉《ことば》に、うっかり泣《な》きそうになったけど、わたしはきゅっとくちびるをかみしめた。

「大丈夫《だいじょうぶ》。まかせて」

そう言《い》って電話《でんわ》をきると、わたしは弟《おとうと》たちのほうへむきなおった。

「おねえちゃん、今《いま》からおかあさんを病院《びょういん》につれていってくるから、アユムとススムはノゾムの言《い》うことよく聞《き》いてお留守番《るすばん》すること！」

とたんに、アユムとススムがぎゃーっと声《こえ》をあげた。

「やだやだやだ！」

「スーもいくっ！」

すると、ノゾムがふたりにむかって声《こえ》を荒《あら》らげた。

「おかあさん、もうすぐ赤《あか》ちゃん産《う》むんだからなっ！　アユとスーも、おにいちゃんになるんだぞっ」

その言葉《ことば》に、アユムとススムがぴたっと泣《な》きやみ、顔《かお》を見《み》あわせる。

「アユたち、もう、おにいちゃんになるの？」

「そうだぞっ！　なのに、赤《あか》ちゃんみたいにぎゃあぎゃあ泣《な》いてたら、弟《おとうと》に笑《わら》われるぞっ」

さっきまで自分《じぶん》だって泣《な》いていたのに、そのことはすっかり忘《わす》れているようだ。ふたりに活《かつ》を入《い》れている。

とたんに、アユムとススムの顔《かお》つきが変《か》わった。

「アユ、お留守番《るすばん》するっ！」

「スーもっ！」

単純《たんじゅん》なふたりはすんなり納得《なっとく》したようだ。

ほっとして、ノゾムに指示《しじ》をする。

「ごはんは、悪《わる》いけどパンでも食《た》べといて。お風呂《ふろ》の入《い》れ方《かた》わかるよね？　八時《じ》になったら三人《にん》でお風呂《ふろ》に入《はい》るんだよ？」

「わかった！」

わたしはすぐにタクシー会社《がいしゃ》に連絡《れんらく》を入《い》れ、寝室《しんしつ》から入院用《にゅういんよう》にまとめていたおかあさんのかばんを持《も》ってきた。おとうさんに言《い》われたとおり保険証《ほけんしょう》と診察券《しんさつけん》と母子手帳《ぼしてちょう》を確認《かくにん》し、おかあさんに声《こえ》をかける。

「おかあさん、立《た》てる？　タクシー呼《よ》んだし、病院行《びょういんい》こう」

わたしの言葉《ことば》に、おかあさんが弱々《よわよわ》しくうなずいた。

「……ご、ごめんね。若葉《わかば》、ありがと」

4 あわただしい毎日《まいにち》

タクシーの運転手《うんてんしゅ》さんはとても親切《しんせつ》な人《ひと》で、玄関《げんかん》からおかあさんの体《からだ》を支《ささ》えて、ゆっくりとシートに座《すわ》らせてくれた。

病院《びょういん》にむかう途中《とちゅう》、何度《なんど》もおかあさんがうめき声《ごえ》をあげる。

「大丈夫《だいじょうぶ》だよ、もうすぐつくから」

そのたび、おかあさんの手《て》をぎゅっとにぎりしめて励《はげ》ました。

そういえば、おかあさんの手《て》をにぎるなんて、ひさしぶりだ。

弟《おとうと》が生《う》まれてからは、なんとなく、おかあさんは弟《おとうと》たちのものって感《かん》じがして、わたしもおかあさんに甘《あま》えることはなくなった。

小《ちい》さいころはあんなに大《おお》きいと思《おも》っていたおかあさんの手《て》が、小《ちい》さくしぼんでしまった気《き》がする。

（いつの間《ま》にか、身長《しんちょう》も追《お》いこしちゃったもんなあ……）

弟《おとうと》たちは三人《にん》とも、どちらかというとおかあさんに似《に》ているけれど、わたしは顔《かお》も体格《たいかく》も、ついでにがんこな性格《せいかく》もおとうさんに似《に》ている。

おおらかでのんびり屋《や》のおかあさんに、今《いま》までいらいらさせられることもあったけど、そういうとき、いつもおかあさんは明《あか》るく笑《わら》い飛《と》ばしていた。

自分《じぶん》がなんでもわかっているような気《き》になって、『しっかりしてよ』なんて思《おも》っていたけれど、よく考《かんが》えたら大《おお》きな気持《きも》ちでわたしを見守《みまも》ってくれていたのは、おかあさんだったのかもしれない。

おかあさんの手《て》をにぎりながら、ぼんやりとそんなことを考《かんが》えていたら、

「……若葉《わかば》」

おかあさんがかすれた声《こえ》でわたしに言《い》った。

小《ちい》さくなった手《て》で、ぎゅっとわたしの手《て》をにぎりかえす。

「ありがとうね」

その言葉《ことば》に、急《きゅう》に自分《じぶん》が小《ちい》さな子《こ》どもにもどったような気持《きも》ちになって、涙《なみだ》がこみあげ

てきた。

手《て》をにぎって、おかあさんを励《はげ》ましていたつもりだったけど、励《はげ》まされていたのは、わたしのほうだ。

「大丈夫《だいじょうぶ》だよ、ほら、病院《びょういん》、見《み》えてきたから」

わたしは目《め》にたまる涙《なみだ》をおかあさんに気《き》づかれないように、わざと明《あか》るい声《こえ》で答《こた》えた。

病院《びょういん》についたとたん、待《ま》ちかまえていた看護師《かんごし》さんたちが、あっという間《ま》におかあさんをつれていってしまった。

受付《うけつけ》でおかあさんの名前《なまえ》を告《つ》げ、保険証《ほけんしょう》と診察券《しんさつけん》、それから母子手帳《ぼしてちょう》をわたしたら、もう帰《かえ》っていいと言《い》われた。

すぐにおとうさんが来《き》て、入院《にゅういん》の手続《てつづ》きをしてくれるのだそうだ。

病院前《びょういんまえ》で待《ま》ってくれていたタクシーにもどる。

すると、運転手《うんてんしゅ》のおじさんがうしろをふりかえって、にっこり笑《わら》った。

「おねえちゃん、よくがんばったなあ。きっと元気《げんき》な弟《おとうと》か妹《いもうと》が生《う》まれるぞ」

「ありがとうございます」

（なんとか、やりおえた）

今《いま》まではりつめていた気《き》持《も》ちが、ふいにゆるむ。

なんだか、力《ちから》がぬけたみたいだ。

シートに深《ふか》く座《すわ》り、今《いま》が何時《なんじ》か確《たし》かめようとポケットからスマホを取《と》りだす。もうすぐ九時《じ》だ。

（は〜、ホッとしたら、なんかおなかが減《へ》ったな）

そう思《おも》っていたら、画面《がめん》に着信《ちゃくしん》の表示《ひょうじ》があるのに気《き》がついた。

ボタンを押《お》すと、諒太《りょうた》の名前《なまえ》が表示《ひょうじ》される。同《おな》じく通話《つうわ》アプリにもたくさんのメッセージが届《とど》いていた。

『クリスマスのこと、もう考《かんが》えてくれた？』

『俺《おれ》のデートプラン聞《き》かせたいし、今《いま》、ちょっとだけ電話《でんわ》していい？』

『ついでに話《はな》したいこともあるし』

ずらずらと続《つづ》くメッセージの下《した》に、パンダが首《くび》をかしげているスタンプがならんでいる。

その画面《がめん》をしばらく見《み》ていたら、ふつふつと怒《いか》りがこみあげてきた。

（だから、今《いま》はそれどころじゃないって言《い》ったでしょ！）

クールすぎると言《い》われるくらいあっさりした性格《せいかく》のわたしとは対照的《たいしょうてき》に、諒太《りょうた》はマメに連絡《れんらく》をしてくるタイプだ。

だけど、わたしから返事《へんじ》がないからって、こんなにもしつこくメッセージを送《おく》ってきたことなんて、今《いま》までなかった。しばらく大変《たいへん》だからって前《まえ》もって伝《つた》えておいたのに。

いつもなら、メッセージを確認《かくにん》したら、すぐに返事《へんじ》をするようにしていたけれど、今《いま》はとてもじゃないけどそんな気分《きぶん》になれない。

（……諒太《りょうた》のばか）

なんか、がっかりしたな。

諒太《りょうた》の幼《おさな》いところ、見《み》ちゃったみたいで。

気持《きも》ちを落《お》ちつけようと、スマホをポケットに入《い》れて、シートにもたれる。

（ノゾムたち、待《ま》ってるだろうな……。帰《かえ》ったら、絵本《えほん》でも読《よ》んでやらなきゃな。あー、だけどスーパーが閉《し》まる前《まえ》に食料品《しょくりょうひん》の買《か》いだしに行《い》っとかなきゃ）

車窓《しゃそう》のむこうで流《なが》れていく景色《けしき》をぼんやり見《み》ながらそんなことを考《かんが》えていたら、あっという間《ま》に家《いえ》についた。

「おねえちゃん、いろいろ大変《たいへん》かもしれないけど、せいぜい無理《むり》しないようにな」

運転手《うんてんしゅ》のおじさんはそう言《い》ってにこっと笑《わら》うと、パパッと短《みじか》くクラクションをならして行《い》ってしまった。

(無理《むり》をしないように、かあ……)

遠《とお》ざかるタクシーの表示灯《ひょうじとう》を見送《みおく》って家《いえ》に入《はい》ろうとしたとき、ポケットのなかでぶるぶるとスマホがふるえだした。着信《ちゃくしん》だ。

(……えっ？　もしかして、おかあさんになにかあった？)

急《いそ》いでポケットからスマホを取《と》りだし画面《がめん》を見《み》ると、『諒太《りょうた》』と書《か》いてある。

(んもう。今日《きょう》はもう話《はな》す元気《げんき》ないよ)

そう思《おも》ってしばらく画面《がめん》をながめていたけれど、いっこうにきれる気配《けはい》がない。

(しつこいなあ)

しかたなく、通話《つうわ》ボタンを押《お》した。

「……もしもし？」

「もー、なんで既読無視《きどくむし》すんだよお」

ふてくされたような諒太《りょうた》の声《こえ》が、通話口《つうわぐち》のむこうから聞《き》こえてきた。

「メッセージ、見《み》た？　俺《おれ》、完璧《かんぺき》なクリスマスデートのコース、考《かんが》えたんだ。でもさ、ツーパターンあって。鳴尾《なるお》がいいほうにしようと思《おも》うんだけど……」

そこまで言《い》われたところで、ついにわたしの怒《いか》りが頂点《ちょうてん》に達《たっ》した。

「あのさ、うち、おかあさんが入院《にゅういん》して、今《いま》それどころじゃないから！」

そう言《い》って、ブツッと電話《でんわ》をきる。

（もう、諒太《りょうた》のばかっ）

いつだって能天気《のうてんき》なことばっかり。

ちょっとはわたしが大変《たいへん》なこともわかってよ。

いらだちまぎれにスマホの電源《でんげん》をきりポケットに押《お》しこむと、「ただいま！」と玄関《げんかん》のドアをあけた。

結局《けっきょく》、おかあさんはその日《ひ》、出産《しゅっさん》には至《いた》らなかった。

夜遅《よるおそ》く帰《かえ》ってきたおとうさんは、翌朝《よくあさ》、つかれた顔《かお》も見《み》せずにわたしや弟《おとうと》たちに説明《せつめい》をしてくれた。

おかあさんのおなかの痛《いた》みは、とりあえずおさまったそうだ。おなかの赤《あか》ちゃんは順調《じゅんちょう》に育《そだ》ってはいるけれど、生《う》まれるにはまだ早《はや》いらしい。

なのでしばらく病院《びょういん》で安静《あんせい》にしているほうがいいという先生《せんせい》の判断《はんだん》で、おかあさんは入院《にゅういん》することになった。

「おとうさんも仕事《しごと》をセーブして、なるべく早《はや》く帰《かえ》るようにするからな。おかあさんが出産《しゅっさん》したら、二週間育休《しゅうかんいくきゅう》を取《と》ることになってる。それでもみんなにいろいろ協力《きょうりょく》してもらわないといけない。わかるな？」

おとうさんが言《い》うと、ノゾムとアユム、ススムは真剣《しんけん》な顔《かお》でうなずいた。

「わかった！」

「俺《おれ》たち、おにいちゃんだもんなっ！」

（いつもは自分《じぶん》のことを『アユ』とか『スー』と言《い》っているくせに、『俺《おれ》』だって）

思《おも》わず笑《わら》いそうになる。

(……でも、みんな、ちゃんとおにいちゃんになろうとしてるんだな)

そう思《おも》うと、頼《たの》もしい気持《きも》ちでいっぱいだ。

「特《とく》に、若葉《わかば》。一番負担《いちばんふたん》が大《おお》きくなりそうだけど、協力《きょうりょく》してくれるか?」

おとうさんに聞《き》かれて、わたしも大《おお》きくうなずく。

「もちろん、そのつもりだよ」

「……そうか、ありがとう」

おとうさんが、ほっとしたような表情《ひょうじょう》で頭《あたま》をさげた。

本当《ほんとう》のことを言《い》うと、ちょっと前《まえ》までは家族《かぞく》に対《たい》して不満《ふまん》でいっぱいだった。

どうして先《さき》に生《う》まれただけで、おねえちゃん扱《あつか》いされなきゃいけないのって。

いつもうるさい弟《おとうと》たちの世話《せわ》ばっかりさせられて、自分《じぶん》は損《そん》をしているって思《おも》いこんでいた。

だけど、たまたま弟《おとうと》たちをつれてスーパーで買《か》い物《もの》をしていたとき、偶然《ぐうぜん》でくわした辻《つじ》本《もと》さんに言《い》われたのだ。『にぎやかでいいね』って。

おかあさんとふたり暮《ぐ》らしの辻本《つじもと》さんは、いつも仕事《しごと》で忙《いそが》しいおかあさんのかわりに家《いえ》の用事《ようじ》をしていて、晩《ばん》ごはんもひとりぼっちで食《た》べることが多《おお》いらしい。

それで、自分《じぶん》は恵《めぐ》まれているのかもしれないなあって思《おも》いなおした。年上《としうえ》のわたしがもっとしっかりして、弟《おとうと》たちを助《たす》けてあげなきゃって。

そんなこと、今《いま》まで考《かんが》えたことなんてなかったんだけど。

中学《ちゅうがく》に入学《にゅうがく》したころは、見《み》るからに女《おんな》の子《こ》って感《かん》じで苦手《にがて》なタイプだと思《おも》っていたけれど、あの日《ひ》以来《いらい》、辻本《つじもと》さんの印象《いんしょう》はがらっと変《か》わった。

わたしが家族《かぞく》に対《たい》して素直《すなお》な気持《きも》ちになれたのは、辻本《つじもと》さんのおかげかもしれない。

おかあさんが入院《にゅういん》した日《ひ》を境《さかい》に、わたしは今《いま》まで以上《いじょう》にあわただしい毎日《まいにち》を送《おく》ることになった。

部活《ぶかつ》から帰《かえ》ってすぐに、おとうさんと交代《こうたい》でおかあさんのお見舞《みま》いや家《いえ》の用事《ようじ》、弟《おとうと》たちの世話《せわ》……。

もちろんその間《あいだ》にも部活《ぶかつ》の練習《れんしゅう》はあるし、学校《がっこう》の予習《よしゅう》や復習《ふくしゅう》もある。

それで、おとうさんと相談《そうだん》して、塾《じゅく》はおかあさんが退院《たいいん》するまで休《やす》むことにした。月末《げつまつ》には期末《きまつ》テストもあるし、成績《せいせき》のことが気《き》になったけど、今《いま》はそれどころじゃない。

(……そういえば、あれっきり諒太《りょうた》に連絡《れんらく》してなかったな)

塾《じゅく》への連絡《れんらく》を終《お》えて、ふと思《おも》いだす。

(でも、諒太《りょうた》からも連絡《れんらく》してこないよね)

そう考《かんが》えてから、思《おも》いなおした。

そりゃあ、あんなキツイ言《い》い方《かた》をしてしまったんだ。諒太《りょうた》だって連絡《れんらく》しにくいにちがいない。

『この間《あいだ》はごめんね』

そうメッセージをかえそうとして、手《て》が止《と》まる。

(……でも、忙《いそが》しいのに変《か》わりはないし、塾《じゅく》へ復帰《ふっき》するのが決《き》まってから連絡《れんらく》することにしようかな)

へたに返事《へんじ》をしてしまうと、また諒太《りょうた》からメッセージや電話《でんわ》がかかってくるたびに、イライラしてしまうかもしれない。そしたらまた同《おな》じことのくりかえしだ。

スマホをにぎりしめたまま、そんなことを考《かんが》えていたら、家《いえ》の前《まえ》で車《くるま》が停《と》まる音《おと》が聞《き》こえた。はっとして壁《かべ》の時計《とけい》を見上《みあ》げる。

「……いっけない。幼稚園《ようちえん》バスの時間《じかん》だ！」

アユムとススムはバス通園《つうえん》をしている。決《き》まった時間《じかん》にちゃんと外《そと》にでておかないと、バスからおろしてもらえないのだ。

わたしはあわててスマホをテーブルに置《お》き、『保護者《ほごしゃ》』と書《か》かれたネームプレートをつかむと、「すみませ～ん！」と玄関《げんかん》から飛《と》びだした。

5 夜《よる》の公《こう》園《えん》で

『一年《ねん》　書道展示《しょどうてんじ》』

入《い》り口《ぐち》にそう書《か》かれた教室《きょうしつ》に足《あし》を踏《ふ》み入《い》れ、展示物《てんじぶつ》を見上《みあ》げる。

今日《きょう》は、中学《ちゅうがく》に入《はい》って初《はじ》めての文化祭《ぶんかさい》。

体育祭《たいいくさい》が大《おお》がかりだったから、きっと文化祭《ぶんかさい》もいろんな作業《さぎょう》がてんこもりなんだろうと思《おも》いこんでいたけれど、一年生《ねんせい》は展示《てんじ》だけで、あとは文化系《ぶんかけい》の部活《ぶかつ》と三年生《ねんせい》が舞台《ぶたい》で発表《はっぴょう》をするだけらしい。

夏月《なつき》と辻本《つじもと》さんは、文化祭委員《ぶんかさいいいん》に選《えら》ばれていろいろな仕事《しごと》があるみたいだけど、わたしたち一年生《ねんせい》は午前中《ごぜんちゅう》に展示物《てんじぶつ》を適当《てきとう》に見《み》てまわり、その感想《かんそう》を後日提出《ごじつていしゅつ》すればいいだけ。

午後《ごご》からは体育館《たいいくかん》で文化系《ぶんかけい》の部活《ぶかつ》の発表会《はっぴょうかい》と、三年生《ねんせい》の劇《げき》がある。体育祭《たいいくさい》よりも簡素化《かんそか》されているので、今日《きょう》は部活《ぶかつ》もあるそうだ。

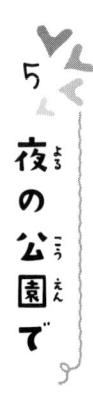

（ま、それくらいゆるいほうが気楽《きらく》だけどね）

わたしはゆっくりと教室内《きょうしつない》を歩《ある》きまわった。

同《おな》じ教室《きょうしつ》には、ほかの学年《がくねん》やクラスの子《こ》たちが、友《とも》だち同士《どうし》で展示《てんじ》を見《み》ている。

ばたばたしている間《あいだ》に毎日《まいにち》が過《す》ぎていき、気《き》がつくと諒太《りょうた》に連絡《れんらく》をしなくなってもう一《いっ》週間以上《しゅうかんいじょう》たっている。

（日《ひ》にちがたてばたつほど、連絡《れんらく》しづらくなるなあ……。諒太《りょうた》はどう思《おも》ってるんだろ？）

よく考《かんが》えると、つきあいだしてから、こんなにも諒太《りょうた》と会《あ》わないのも、連絡《れんらく》がないのも初《はじ》めてだ。

（……まさか、諒太《りょうた》、おこってる？）

そう思《おも》ったけど、すぐに打《う》ち消《け》した。

あの諒太《りょうた》がおこるわけ、ないよね。

さすがにこれ以上連絡《いじょうれんらく》をするのはしつこいと思《おも》って、連絡《れんらく》を控《ひか》えてくれているんだろう、きっと。

頭《あたま》のなかであれこれ考《かんが》えながら教室《きょうしつ》をでようとしたら、入《い》り口《ぐち》のところで同《おな》じ塾《じゅく》の広瀬《ひろせ》と坂田《さかた》にばったり出《で》くわした。

「あれっ、鳴尾《なるお》。なんだ、元気《げんき》そうじゃん」

「このとこ、塾《じゅく》ずっと休《やす》んでたし、風邪《かぜ》でも引《ひ》いてんのかと思《おも》った」

(なんでよ。ちゃんと学校《がっこう》に来《き》てるのに)

そう思《おも》いかけたけど、ふたりはわたしとはちがう東校舎《ひがしこうしゃ》に教室《きょうしつ》がある。ふだん、学校《がっこう》ではめったに顔《かお》を合《あ》わせないのを思《おも》いだした。

「まさか。今《いま》、親《おや》が入院《にゅういん》してるから、家《いえ》の手伝《てつだ》いしなきゃいけなくて休《やす》んでたの」

わたしがそう答《こた》えると、広瀬《ひろせ》が納得《なっとく》したようにうなずく。

「なーんだ、そうだったんだ」

「じゃあ、またね」

そのまま教室《きょうしつ》をでようとしたとき、うしろから坂田《さかた》の声《こえ》がした。

「だから言《い》っただろ。諒太《りょうた》が落《お》ちこんでるのは、鳴尾《なるお》が塾《じゅく》を休《やす》んでるからじゃなくて、ジュニア選手権《せんしゅけん》のせいだって」

「やっぱ、まだあきらめきれてなかったんだなあ」

ふたりの会話《かいわ》に、わたしは足《あし》を止《と》めてふりかえった。

「今《いま》の、なんの話《はなし》？」

わたしの質問《しつもん》に、ふたりは顔《かお》を見《み》あわせた。

「なんのって……。ほら、なんか最近《さいきん》、諒太《りょうた》のやつ、元気《げんき》ねえだろ？」

反対《はんたい》に質問《しつもん》をかえされて口《くち》ごもる。

「うーん、……最近《さいきん》、塾《じゅく》を休《やす》んでるから顔《かお》を合《あ》わせてないし」

言《い》い訳《わけ》するようにもごもご言《い》ったけど、広瀬《ひろせ》は気《き》にするわけでもなく続《つづ》けた。

「諒太《りょうた》、小学校《しょうがっこう》まで競泳《きょうえい》やってたじゃん？　実《じつ》はさ、俺《おれ》もいっしょのスイミングスクールにいたんだけど……。あ、っていっても、もちろん俺《おれ》は競泳《きょうえい》のアスリートクラスじゃなかったんだけどさ」

広瀬《ひろせ》のセリフに、坂田《さかた》が「んなこと、わかってるって」とツッコミを入《い》れる。

「で、諒太《りょうた》と同《おな》じアスリートクラスだった山元《やまもと》ってやつが、この間《あいだ》のジュニア選手権《せんしゅけん》でけっこういい成績《せいせき》だしてさ。新聞《しんぶん》に載《の》ったんだよ。次《つぎ》の大《おお》きい大会《たいかい》にでるみたいで。そいつ、諒太《りょうた》がスイミングしてたときはいっつも諒太《りょうた》の二番手《ばんて》みたいなやつだったしさ。諒太《りょうた》、小学校《しょうがっこう》のころ、中学生《ちゅうがくせい》になったらその大会《たいかい》にでてみたいって言《い》ってたし、相当《そうとう》くやしかったんだろうなと思《おも》って」

「あいつ、ああ見《み》えてめっちゃ負《ま》けん気強《きつよ》いしな〜」

坂田《さかた》が訳知《わけし》り顔《がお》でうなずく。

「……それって、いつの話《はなし》？」

わたしが聞《き》くと、広瀬《ひろせ》が「へっ？」と首《くび》をかしげた。

「だから、その新聞《しんぶん》に記事《きじ》がでた日《ひ》！」

じれったくなって声《こえ》を強《つよ》めて聞《き》いたら、広瀬《ひろせ》はおどろいたように目《め》を見開《みひら》いた。

「えー、そんなの覚《おぼ》えてねえよ。……うーん、でも、先週《せんしゅう》だったかな」

「……先週《せんしゅう》？」

おかあさんが入院《にゅういん》したのも、先週《せんしゅう》。諒太《りょうた》がしつこいくらいに何度《なんど》も電話《でんわ》やメッセージをよこしたのも同《おな》じころだ。

（……そういえば、『ついでに話《はな》したいこともあるし』ってメッセージもあったよね。もしかして、その話《はなし》がしたかったのかな）

そう考《かんが》えると、いてもたってもいられなくなった。わたしは広瀬《ひろせ》と坂田《さかた》を置《お》いて、教室《きょうしつ》を飛《と》びだした。

(……たしか、図書室《としょしつ》って文化祭期間《ぶんかさいきかん》は開放《かいほう》されてたはずだよね)

かけ足《あし》で同《おな》じ階《かい》のつきあたりにある図書室《としょしつ》に直行《ちょっこう》する。

「教室内《きょうしつない》は走《はし》らない!」

カウンターに座《すわ》っていた司書《ししょ》の先生《せんせい》に声《こえ》をかけられたけど、無視《むし》して新聞《しんぶん》が置《お》いてある棚《たな》の前《まえ》までかけ寄《よ》った。

新聞《しんぶん》の束《たば》から、一週間前《いっしゅうかんまえ》の新聞《しんぶん》をぬきとった。はやる気持《きも》ちでひろげてみる。

(地元《じもと》のニュースって、たしかここらへんに載《の》ってるはず)

そう思《おも》いながら紙面《しめん》をめくり、やっとその記事《きじ》を見《み》つけた。

『ジュニア選手権予選会《せんしゅけんよせんかい》において山元裕翔《やまもとひろと》(ジジスイミングクラブ)が自由形《じゆうがた》五十メートルで優勝《ゆうしょう》。十二月二十四日《がっか》に東京《とうきょう》で行《おこな》われる全国大会《ぜんこくたいかい》に駒《こま》を進《すす》めた』

小《ちい》さな囲《かこ》み記事《きじ》にそう書《か》いてある。

(十二月二十四日《がっか》って、クリスマスイブじゃん)

そこで、はっとした。

だから諒太《りょうた》は、あんなにクリスマスにこだわってたんだ……!

諒太《りょうた》が、どうして競泳《きょうえい》をとつぜん辞《や》めたのか、中学《ちゅうがく》になって部活《ぶかつ》でも水泳《すいえい》を続《つづ》けなかったのか、深《ふか》く問《と》いつめたことはない。

だって聞《き》いても『特《とく》に理由《りゆう》はない』って言《い》ってたから、その言葉《ことば》をうのみにしていた。

だけど、もしかしたらあの日《ひ》、何度《なんど》もわたしに電話《でんわ》をかけてきたのは、そのことでなにか話《はなし》を聞《き》いてほしいと思《おも》っていたのかも。

なのに、あんなにつめたい態度《たいど》を取《と》ってしまった。

(悪《わる》いことしちゃったな……)

文化祭後《ぶんかさいご》、部活《ぶかつ》の練習《れんしゅう》を終《お》えると、わたしは大急《おおいそ》ぎで家《いえ》に帰《かえ》った。

今日《きょう》はラッキーなことにおとうさんが早《はや》めに仕事《しごと》をきりあげて帰《かえ》ってきたので、スーパーへ買《か》い物《もの》に行《い》かなくていい。晩《ばん》ごはんも、昨日《きのう》のカレーがのこっていたので、早《はや》めにみんなで食《た》べおえた。

使《つか》った食器《しょっき》を大急《おおいそ》ぎで食洗機《しょくせんき》にセットして、自分《じぶん》の部屋《へや》から諒太《りょうた》に電話《でんわ》をかけてみた。

プルルル
呼《よ》びだし音《おん》がなったとたん、

「もしもし？　鳴尾《なるお》？」

すぐに諒太《りょうた》がでた。

「ひさしぶり！　もう電話《でんわ》できるようになったの？　おかあさん、大丈夫《だいじょうぶ》になった？」

いつもどおりの明《あか》るい声色《こわいろ》にほっとする。

「まだ大丈夫《だいじょうぶ》ってわけじゃないんだけどね。おかあさん、今《いま》も入院中《にゅういんちゅう》だし」

そう言《い》うと、「そっか……。まだ大変《たいへん》なんだな」とちょっと残念《ざんねん》そうな声《こえ》になった。

「で、どうかした？　なんか用事《ようじ》あった？」

「用事《ようじ》っていうか……」

どうきりだせばいいかわからず、口《くち》ごもる。

正直《しょうじき》に言《い》うと、諒太《りょうた》に謝《あやま》らなきゃという気持《きも》ち半分《はんぶん》。

あとの半分《はんぶん》は、広瀬《ひろせ》たちからの話《はなし》を聞《き》いて心配《しんぱい》になったから電話《でんわ》しただけなんだけど、そんなこと、正面《しょうめん》きって言《い》いにくい。

だまっていたら、通話口《つうわぐち》のむこうで諒太《りょうた》が「はっはーん」と言《い》ってくすくす笑《わら》いだした。

「鳴尾《なるお》、俺《おれ》に会《あ》えないもんだから、さみしくなったんだろ？」

「えっ？　ちが……！」

わたしがあわてて否定《ひてい》しようとしても、諒太《りょうた》はまったく聞《き》いちゃいない。

「なんだよ～。照《て》れんなって！　……あっ、そうだ。鳴尾《なるお》、今《いま》から会《あ》える？」

「今《いま》から？」

わたしはちらりと部屋《へや》の壁時計《かべどけい》を見上《みあ》げた。

夜《よる》の七時半《じはん》。いつもならまだ晩《ばん》ごはんを食《た》べているか食器《しょっき》を洗《あら》っている時間《じかん》だ。

今《いま》はちょうど、おとうさんが弟《おとうと》たちをお風呂《ふろ》に入《い》れようとしているところ。友《とも》だちに会《あ》うと言《い》えば、ちょっとくらいなら家《いえ》をでることはできなくもない。

「じゃあさ、今《いま》からちょっとだけでも話《はなし》しようよ。なっ？」

わたしの返事《へんじ》を聞《き》かない間《あいだ》に、諒太《りょうた》が勝手《かって》に決《き》めてしまう。

どうしようかと思《おも》ったけど、大切《たいせつ》な話《はなし》をするなら、やっぱり電話《でんわ》やメッセージよりも直《ちょく》接会《せつあ》うほうがいいに決《き》まってる。

……あと。

さっきはとっさにちがうって言《い》っちゃったけど、わたしもホントはひさしぶりに諒太《りょうた》と会《あ》いたいし。

素直《すなお》にそう言《い》えたらいいんだけど、もちろんそんなこと、言《い》えっこない。

「うん、わかった。じゃあ、あとでね」

うれしい気持《きも》ちでいっぱいなのに、わざとそっけなくそう言《い》って、わたしはピッとスマホをきった。

もうお風呂《ふろ》に入《はい》ろうとしていたおとうさんたちに、ちょっと友《とも》だちとおしゃべりしてくると声《こえ》をかけたら、「気《き》をつけてな」って、あっさりオッケーしてくれた。

体操服《たいそうふく》のままでようとして、せっかくひさしぶりに会《あ》うのに、これじゃあだめだよなと手早《てばや》く着《き》がえる。

といっても、シンプルなセーターとジーンズにジャンパーをはおっただけ。

まいまいや辻本《つじもと》さんなら、きっと思《おも》いっきり服装《ふくそう》に気《き》をつかうんだろうけど、こういうとこが、わたしのかわいくないところだよなあと思《おも》いつつ、スニーカーに足《あし》をつっこんで外《そと》にでる。

「うっ、さむ」

思《おも》わずジャンパーの前《まえ》を合《あ》わせる。

わたしの知《し》らない間《あいだ》に、季節《きせつ》は秋《あき》から冬《ふゆ》へ変《か》わろうとしているようだ。外《そと》の気温《きおん》が、ぐっとさがったような気《き》がする。

すると、ちょうど路地《ろじ》の奥《おく》にある坂道《さかみち》から自転車《じてんしゃ》のライトがこちらにむかってまっすぐにおりてくるのが見《み》えた。

「鳴尾《なるお》〜！」

マウンテンバイクにまたがった諒太《りょうた》が、笑顔《えがお》で手《て》をふっている。

「ひさしぶり〜！　元気《げんき》だった？」

大声《おおごえ》でさわぐ諒太《りょうた》に、思《おも》わずシッとひとさし指《ゆび》を立《た》てる。

「もう、声《こえ》が大《おお》きいよ。近所《きんじょ》の人《ひと》に聞《き》かれるでしょ」

このあたりは家《いえ》が密集《みっしゅう》しているから、ちょっと大《おお》きな声《こえ》で話《はなし》をしたらすぐに聞《き》かれちゃうのだ。

それに、我《わ》が家《や》のお風呂場《ふろば》の窓《まど》は表《おもて》に面《めん》している。おとうさんに聞《き》かれたら、あとあと面倒《めんどう》なことになってしまう。

「なんでだよ。べつにいーじゃん。俺《おれ》たち、つきあってるんだし」

「そうだけど！」

わたしは声《こえ》を落《お》として、諒太《りょうた》のマウンテンバイクのうしろを押《お》した。

「ここで話《はなし》をするのもなんだし、とりあえず、つつじ台公園《だいこうえん》まで行《い》こうよ」

そううながすと、諒太《りょうた》は「うん！」とうなずいて、にこにこ笑《わら》ってマウンテンバイクを押《お》して歩《ある》きだした。

まるでしっぽをふって全身《ぜんしん》でよろこびをあらわす子犬《こいぬ》みたいだ。

（……なんか調子狂《ちょうしくる》っちゃうなあ、もう）

夜《よる》といっても、近所《きんじょ》にある家《いえ》の外灯《がいとう》であたりは明《あか》るい。マウンテンバイクを押《お》す諒太《りょうた》とふたりならんで歩《ある》きだす。

なにげなく見上《みあ》げた空《そら》には、星《ほし》が瞬《またた》いていた。

「なんか、星《ほし》の色《いろ》がちがうみたい。すっごくきれいに見《み》える」

ぽつんとつぶやくと、諒太《りょうた》も足《あし》を止《と》めて空《そら》を見上《みあ》げた。

「そろそろ冬《ふゆ》の空《そら》に変《か》わってきてるからかもなあ」

「どうして冬《ふゆ》だと、星《ほし》がきれいに見《み》えるの？」

「冬《ふゆ》は空気《くうき》が乾燥《かんそう》してるからさ。空気中《くうきちゅう》の細《こま》かい水分《すいぶん》がないと、その分《ぶん》はっきり星《ほし》の光《ひかり》が地球《ちきゅう》に届《とど》きやすくなるからね」

わたしの質問《しつもん》に、いつもはチャラいことばかり言《い》う諒太《りょうた》が、めずらしくまじめに答《こた》えてくれた。

「へえ〜、さっすが聡明《そうめい》。よく知《し》ってるね」

感心《かんしん》してそう言《い》うと、諒太《りょうた》はとたんににこーっと表情《ひょうじょう》を崩《くず》した。

「えへへ。だろ？　鳴尾《なるお》、俺《おれ》のこと、見《み》なおした？」

とたんにいつもの調子《ちょうし》にもどり、思《おも》わず吹《ふ》きだす。

「もう、またそんなこと言《い》って」

くすくす笑《わら》って、歩《ある》きだす。

「おかあさん、早《はや》くよくなるといいな」

数歩《すうほ》歩《ある》いたところで、ふいに諒太《りょうた》が声《こえ》をかけてきた。

「ありがとう。でも、病気《びょうき》ってわけじゃないし。もうすぐ弟《おとうと》が生《う》まれるだけだから」

わたしの言葉《ことば》に、諒太《りょうた》がいいよなあとつぶやいた。

「なにがいいの？」

わたしが聞《き》くと、諒太《りょうた》がおさえめのトーンで答《こた》えた。

「俺《おれ》、兄弟《きょうだい》いねえし。そんなに兄弟《きょうだい》がいると、いいなあと思《おも》って」

(辻本《つじもと》さんと同《おな》じこと言《い》ってる)

たしかに、イマドキ四人《よにん》も子《こ》どもがいるのもめずらしいのに、もうひとり弟《おとうと》が生《う》まれたら、我《わ》が家《や》は五人姉弟《にんきょうだい》になる。

いつもうるさい弟《おとうと》たちに囲《かこ》まれているから、ひとりっ子《こ》にあこがれる気持《きも》ちもあるけど、実際《じっさい》にそうだったら同《おな》じように感《かん》じるのかもしれないな。

『となりの芝生《しばふ》は青《あお》い』ってやつだ。

「ねえ、それよりさ」

つつじ台公園《だいこうえん》の手前《てまえ》まで来《き》て、思《おも》いきって話《はなし》をきりだした。

「この間《あいだ》、電話《でんわ》してきてくれたでしょ。わたし、親《おや》のこととかでばたばたしてて、やな感《かん》じできっちゃってごめんね」

そう言《い》って謝《あやま》ると、諒太《りょうた》は一瞬《いっしゅん》きょとんとしてから、すぐにぶはっと笑《わら》いだした。

「な〜んだ、そんなこと気《き》にしてたの？　いいよ、いいよ。俺《おれ》、そういうのぜ〜んぜん落《お》ちこんだりしないタイプだから」

「で、でも……！」

あのとき、本当《ほんとう》は、わたしになにか話《はな》したいことがあって電話《でんわ》してきたんじゃないの？

そう聞《き》こうとしたのに、諒太《りょうた》は笑《わら》いながら続《つづ》けた。

「っていうかさ、小学校《しょうがっこう》のころから俺《おれ》、ずうっと何百回《なんびゃっかい》も鳴尾《なるお》に『つきあって！』って告《こく》白《はく》して、そのたび『無理《むり》』とか『宇宙《うちゅう》が爆発《ばくはつ》してもないから』な〜んて言《い》われてたし、いまさらそんなことで落《お》ちこんだりしないって。なのに、急《きゅう》にどうした？」

「そ、それとこれとは別《べつ》でしょ？　……なんていうか、諒太《りょうた》、本当《ほんとう》はなにかわたしに話《はな》したいことがあったんじゃないかなと思《おも》って」

一息《ひといき》に聞《き》いてみた。

だけど、諒太《りょうた》はいつもの調子《ちょうし》で、あははと笑《わら》い飛《と》ばした。

「ないない。俺《おれ》、基本《きほん》悩《なや》んだり落《お》ちこんだりしないタイプだから、悩《なや》み事《ごと》なんて、ぜーんぜんないし」

へらへら笑《わら》う諒太《りょうた》の顔《かお》を見《み》ていたら、だんだん腹《はら》が立《た》ってきた。

なによ、もう。ごまかしちゃって。

せっかく心配《しんぱい》してるのに！

「あのね、広瀬《ひろせ》たちに聞《き》いたんだけど、諒太《りょうた》と同《おな》じスイミングスクールに通《かよ》ってた子《こ》が、最近《さいきん》いい成績《せいせき》、だしたらしいね」

まわりくどく聞《き》いても、どうせ諒太《りょうた》は本当《ほんとう》のことを言《い》わないに決《き》まってる。

そう思《おも》ったわたしは、ずばりたずねることにした。

「諒太《りょうた》、小学校《しょうがっこう》のころ、競泳《きょうえい》やってたでしょ。中学《ちゅうがく》に入《はい》ってとつぜん辞《や》めちゃったけど、もしかして、まだ未練《みれん》があるんじゃないの？」

すると、諒太《りょうた》は間髪《かんはつ》いれず首《くび》をふった。

「ないよ、そんなの」

そう言《い》って、笑《わら》いだす。

「だって、俺《おれ》、競泳《きょうえい》辞《や》めてもう一年近《ねんちか》くたってるんだぜ？　いまさら未練《みれん》なんて、あるわけないじゃん」

「で、でも……！」

わたしはむっとして言《い》いかえした。

「諒太《りょうた》、小学校《しょうがっこう》のころずっと競泳《きょうえい》がんばってたじゃん。そんなかんたんに割《わ》りきれるものなの？」

わたしの問《と》いかけに、諒太《りょうた》は肩《かた》をすくめた。

「べつに、そこまで本気《ほんき》でやってたわけじゃねーもん。だいいち、また競泳《きょうえい》なんて始《はじ》めたら、それこそ塾《じゅく》も辞《や》めなきゃいけなくなるしさ。それより、俺《おれ》はこうやって鳴尾《なるお》と会《あ》えるほうがいいし」

それなら、どうしてあの日《ひ》、しつこく連絡《れんらく》をしてきたの？

きっと諒太《りょうた》の心《こころ》のなかには、かくされた本当《ほんとう》の気持《きも》ちがあるはずだ。

わたしだけには、教《おし》えてくれればいいのに。

「またそんな風《ふう》に笑《わら》ってごまかして！」

わたしは勢《いきお》いのまま続《つづ》けた。

「どうしてまじめに話《はなし》をしてくれないの？　わたし、諒太《りょうた》の彼女《かのじょ》だよ？」

「そうだよ。鳴尾《なるお》は俺《おれ》の彼女《かのじょ》。だから、俺《おれ》は鳴尾《なるお》がそばにいてくれたら、それでいいんだ」

にこにこ笑《わら》ってわたしを見《み》つめる諒太《りょうた》をキッとにらみつけた。

「ウソだね。諒太《りょうた》はわたしのこと、好《す》きだって言《い》いながら、本当《ほんとう》の気持《きも》ちをごまかしてるだけだよ」

その言葉《ことば》に、諒太《りょうた》の顔《かお》からすっと笑顔《えがお》が消《き》える。

「ごまかしてる……？」

その表情《ひょうじょう》に一瞬《いっしゅん》ひるんだけど、かまわない。わたしは諒太《りょうた》の顔《かお》にひとさし指《ゆび》をつきたてた。

「図星《ずぼし》でしょ？　諒太《りょうた》は、本当《ほんとう》は競泳《きょうえい》を辞《や》めたくなかったんでしょ？　だったら、そう言《い》えばいいじゃない。どうして平気《へいき》そうなフリしてごまかすの？」

たたみかけるように言《い》ったけど、諒太《りょうた》は真顔《まがお》で地面《じめん》を見《み》つめてだまっている。

「なんとか言《い》ってよ」

すると、諒太《りょうた》は視線《しせん》をわたしにもどしてから、はあっと大《おお》きく息《いき》をついた。

「鳴尾《なるお》、俺《おれ》に塾《じゅく》を辞《や》めさせたいわけ？　俺《おれ》といっしょにいるのがそんなにいやなの？」

思《おも》いがけない言葉《ことば》に、えっと声《こえ》をあげる。

「わたし、そんなこと一言《ひとこと》も言《い》ってないでしょ」

「言《い》ってるのと同《おな》じだよ。さっきも言《い》ったろ？　俺《おれ》がまた競泳《きょうえい》するようになったら、塾《じゅく》を辞《や》めなきゃいけなくなる。そしたら、俺《おれ》たち、会《あ》える時間《じかん》がなくなっちゃうんだぜ？」

「それはそうだけど……」

思《おも》わず言葉《ことば》につまったけど、すぐに気《き》を取《と》りなおした。

「今《いま》までみたいにメッセージと電話《でんわ》でじゅうぶんだよ。たまにおたがいの予定《よてい》が合《あ》う日《ひ》に会《あ》えば……」

わたしが言《い》いかけたところで、諒太《りょうた》がさえぎるように言《い》った。

「だよな。鳴尾《なるお》にとったら俺《おれ》ってその程度《ていど》の存在《そんざい》だもんな」

その言葉《ことば》に、わたしは信《しん》じられない思《おも》いで諒太《りょうた》の顔《かお》を見《み》た。

「どうしてそんなこと言《い》うの？　わたし、諒太《りょうた》のこと、そんな風《ふう》に思《おも》ってないよ」

「じゃあ聞《き》くけど、鳴尾《なるお》になにか話《はな》せば、どんな問題《もんだい》でも解決《かいけつ》するってわけ？」

急《きゅう》につめ寄《よ》られ、言葉《ことば》につまる。

「それは……」

「ほら、やっぱりできねえじゃねえか」

低《ひく》くつぶやく諒太《りょうた》の言葉《ことば》に、わたしははっとした。

（……諒太《りょうた》、おこってる？）

「なんでもかんでも、勝手《かって》にいろいろ決《き》めつけんなよ。鳴尾《なるお》には、俺《おれ》の気持《きも》ちなんてわかんねえよっ！」

そう言《い》うなり、諒太《りょうた》はマウンテンバイクにまたがって、するりと歩道《ほどう》をぬけていった。

「……え、あ、ちょっと、諒太《りょうた》！」

声《こえ》をかけたけど、あっという間《ま》に角《かど》を曲《ま》がり、そのままわたしの視界《しかい》から消《き》えてしまった。

(な、なによ。せっかく心配《しんぱい》してるのに、話《はなし》の途中《とちゅう》で逃《に》げだすなんて……!)

わたしは諒太《りょうた》の消《き》えたあたりをにらみつけて、足音《あしおと》をわざと立《た》てるようにして家《いえ》へとかけもどった。

ガシャン!

うしろ手《で》でドアを閉《し》めて、玄関《げんかん》のカギをかける。

(諒太《りょうた》のばか!)

6 弟《おとうと》が生《う》まれた！

翌日《よくじつ》、朝起《あさお》きて一番《いちばん》にスマホを見《み》た。

もしかしたら、諒太《りょうた》からメッセージが届《とど》いているかなと思《おも》ったけど、一通《いっつう》も届《とど》いていなかった。もちろん、着信《ちゃくしん》もない。

（さすがの諒太《りょうた》も、今度《こんど》こそおこったのかもな）

せっかくひさしぶりに会《あ》ったのに、つい言《い》いすぎてしまった。諒太《りょうた》にだって、言《い》い分《ぶん》はあったのかもしれないのに。

（……先《さき》に、謝《あやま》ったほうがいいよね）

そう思《おも》ったけど、メッセージやスタンプで謝《あやま》るのもなんかちがうと思《おも》うし、かといって朝《あさ》から電話《でんわ》をかけても、ゆっくり話《はなし》をする時間《じかん》もない。

それに諒太《りょうた》はそろそろ家《いえ》をでる時間《じかん》だ。きっと忙《いそが》しくしているだろう。

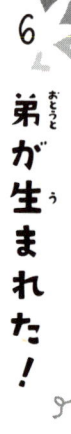

（うーん。でも、謝《あやま》るならやっぱり早《はや》いほうがいいかな）

スマホを片手《かたて》にしばらく迷《まよ》っていたら、

「おねえちゃーん、おなか減《へ》った！」

ドアがあいて、パジャマ姿《すがた》のアユムとススムがわたしの部屋《へや》に転《ころ》がりこんできた。

「こらー！　部屋《へや》に入《はい》る前《まえ》はノックしなさいって何度《なんど》も言《い》ってるでしょ！」

勝手《かって》にわたしのベッドにもぐりこんできたふたりを引《ひ》っぱりだす。

「ほらほら、さっさと着《き》がえるよっ」

わたしが追《お》いたてると、ふたりはきゃーっと甲高《かんだか》い声《こえ》をあげて部屋《へや》からでていった。

（……やれやれ）

やっぱり今《いま》はやめておこう。ぜんぜん落《お》ちついて話《はなし》なんてできそうにない。

そのかわり夜《よる》に電話《でんわ》して、きちんと謝《あやま》らなきゃ。

それで、もう一度《いちど》諒太《りょうた》とゆっくり話《はなし》をしてみよう。

「おねえちゃーん、はやくう〜」

階段《かいだん》のほうから、アユムたちの声《こえ》が聞《き》こえる。

「はいはい、ちょっと待《ま》ってー！」

わたしは手《て》に持《も》っていたスマホを机《つくえ》に置《お》き、手《て》早《ばや》く髪《かみ》をまとめてから部屋《へや》をでた。

放課後《ほうかご》、部活《ぶかつ》にむかう途中《とちゅう》のことだ。

職員室《しょくいんしつ》から飛《と》びだしてきた担任《たんにん》の先生《せんせい》が、全力疾走《ぜんりょくしっそう》でこちらにむかって走《はし》ってくるのが見《み》えた。

（いつもは『廊下《ろうか》は走《はし》らない！』ってうるさいのに、どうしたのかな？）

不思議《ふしぎ》に思《おも》って見《み》ていたら、先生《せんせい》はわたしの前《まえ》で急《きゅう》ブレーキをかけて、ぜいぜいと息《いき》をきらした。

「い、今《いま》、おと、お、さんか……！」

身《み》ぶり手《て》ぶりでなにか伝《つた》えようとしているが、なにを言《い》っているのかわからない。首《くび》をかしげて次《つぎ》の言葉《ことば》を待《ま》つ。

すると先生《せんせい》は、ごほごほと咳払《せきばら》いをしてから、もう一度《いちど》説明《せつめい》を始《はじ》めた。

「今《いま》、おとうさんから電話《でんわ》が入《はい》った。弟《おとうと》さんたちのおむかえをすませたら、すぐに病院《びょういん》に来《く》るようにとのことだ」

（ついに、生《う》まれるんだ……！）

ひゅっと息《いき》をすう。

ずっとその瞬間《しゅんかん》を待《ま》ちわびていたけれど、いざそのときをむかえるとなると、あらためて緊張《きんちょう》する。

「顧問《こもん》の先生《せんせい》には、事情《じじょう》はもう伝《つた》えてあるから、すぐに帰《かえ》りなさい」

「はい、ありがとうございます！」

一礼《いちれい》したあと、わたしはすぐに昇降口《しょうこうぐち》へむかった。

（アユムたちの園《えん》バスがつくまでに、家《いえ》の用事《ようじ》すませとかなきゃ）

全速力《ぜんそくりょく》で家《いえ》に帰《かえ》り、裏庭《うらにわ》に干《ほ》していた洗濯物《せんたくもの》を取《と》りこむ。

弟《おとうと》たちが帰《かえ》ってきたらすぐにでかけられるようにと大急《おおいそ》ぎで着《き》がえていたら、ちょうど小学校《しょうがっこう》からノゾムが帰《かえ》ってきた。

「ノゾム！　おかあさん、赤《あか》ちゃん生《う》まれるみたいだから、アユムとススムが帰《かえ》ってきたらすぐ病院《びょういん》行《い》くよ！」

着《き》がえを終《お》え、リビングにむかいながら叫《さけ》ぶようにそう言《い》うと、ノゾムはランドセルをほうりなげ、自分《じぶん》の部屋《へや》からリュックを持《も》ちだしてきた。

そして、リビングに散《ち》らかっているおもちゃやゲーム、お菓子《かし》なんかをどんどんつめこんでいく。

「ちょ、ちょっと、ノゾム。あんたなにやってんの？　遠足行《えんそくい》くんじゃないんだよ？」

ばたばたと洗濯物《せんたくもの》をたたみながら注意《ちゅうい》すると、ノゾムは「わかってる！」と大声《おおごえ》で怒鳴《どな》りかえしてきた。

「これ、俺《おれ》のじゃなくて、アユムとススムのだし！　あいつらが待《ま》ってる間《あいだ》、病院《びょういん》でさわいだら困《こま》るから持《も》っていっとくんだ」

その言葉《ことば》に、へえっと感心《かんしん》する。

ノゾムのやつ、そんなことまで考《かんが》えてたのか。なかなかやるじゃん。

「そっか。頼《たよ》りにしてるよ、おにいちゃん」

わたしが言《い》うと、ノゾムはすこし大人《おとな》びた顔《かお》でうなずいた。

「まかせてよ！」

「……あ、いっけない。幼稚園《ようちえん》バス、もう来《き》ちゃう！」

ばたばたとあわただしくアユムとススムのおむかえをすませると、わたしたちはタクシーで病院《びょういん》へとむかった。


その日《ひ》の真夜中《まよなか》、わたしにとっては四人目《よにんめ》になる弟《おとうと》が生《う》まれた。

予定日《よていび》よりも早《はや》く生《う》まれたから、ほんのちょっぴり小柄《こがら》だけれど、生《う》まれてすぐに元気《げんき》な声《こえ》で泣《な》いていた。

「若葉《わかば》、抱《だ》いてみるか」

おとうさんにたずねられ、わたしはバスタオルにくるまれた弟《おとうと》を受《う》けとった。

「ふわあ、ちっちゃ〜い」

抱《だ》くのがこわくなるくらい小《ちい》さいのに、意外《いがい》と重《おも》い。

ノゾムやアユム、ススムたちが生《う》まれたときの記憶《きおく》もちゃんとあるけれど、やっぱり生《う》まれたてほやほやの赤《あか》ちゃんを見《み》ると、胸《むね》にぐっとくるものがある。

小《ちい》さなちいさな手《て》をぎゅっとにぎりしめて、すやすやと眠《ねむ》る弟《おとうと》の顔《かお》をのぞきこむ。

名前《なまえ》は、モトム。

次《つぎ》も男《おとこ》の子《こ》が生《う》まれるらしいとわかったときに、家族全員《かぞくぜんいん》で考《かんが》えた名前《なまえ》だ。

「初《はじ》めまして、モトム。おねえちゃんだよ」

そっと声《こえ》をかけると、それに応《こた》えるようにモトムはふわあっと小《ちい》さなあくびをした。

家族全員《かぞくぜんいん》は病院《びょういん》に泊《と》まることができないと言《い》われ、その日《ひ》は真夜中《まよなか》におとうさんの車《くるま》で家《いえ》にもどった。

おにいちゃんになるとはりきっていたアユムとススムは早々《そうそう》に寝《ね》てしまって、まだモトムとは対面《たいめん》できていない。

ノゾムはいちおう寝《ね》ずにがんばっていたけれど、白目《しろめ》をむいて立《た》っていたような状態《じょうたい》だったから、モトムが生《う》まれたときの記憶《きおく》があるかどうかはわからない。

「若葉《わかば》、おつかれさま。いろいろありがとうな」

眠《ねむ》りこけている弟《おとうと》たちをひとりずつ部屋《へや》に運《はこ》びおえたあと、おとうさんに言《い》われた。

「ううん、ぜんぜん！」

わたしは大《おお》きく首《くび》を横《よこ》にふった。

おとうさんを安心《あんしん》させるために言《い》ったわけではなく、こんなに遅《おそ》い時間《じかん》まで起《お》きていても、おどろくくらいつかれは感《かん》じていなかった。

「けどな、これからが大変《たいへん》だぞ。おかあさんが入院中《にゅういんちゅう》はお見舞《みま》いにも行《い》かなきゃいけないし、退院《たいいん》してもどってきたら、ますます大忙《おおいそが》しになる」

「そんなの、わかってるよ。だってわたし、もうおねえちゃんのベテランだし」

おとうさんの言葉《ことば》についムキになって答《こた》えると、おとうさんは一瞬《いっしゅん》きょとんとしてから、

「それは頼《たの》もしいな」

ふっと目《め》を細《ほそ》めた。


週明《しゅうあ》けからは、おとうさんの予言《よげん》どおり、本当《ほんとう》に嵐《あらし》のような日々《ひび》だった。

おとうさんは病院《びょういん》と家《いえ》との往復《おうふく》で、家《いえ》の用事《ようじ》と弟《おとうと》たちの世話《せわ》はほぼわたしが担当《たんとう》することになり、さすがに部活《ぶかつ》に行《い》く余裕《よゆう》もなくなってきた。

そこでおとうさんと相談《そうだん》して、しばらく部活《ぶかつ》も休《やす》むことにした。

（あ〜あ、今《いま》まであんなにがんばってきたのになあ）

今週末《こんしゅうまつ》は、新人戦《しんじんせん》だ。

スタメンとはいかなくとも、わたしも出場《しゅつじょう》メンバーに選《えら》ばれるはずだった。

しかたがないことだというのはわかっているけれど、正直《しょうじき》くやしい。

だけどそう思《おも》ったのは、一瞬《いっしゅん》だった。

とにかく毎日忙《まいにちいそが》しすぎて、感傷《かんしょう》にひたる余裕《よゆう》もない。

（ひーっ、おかあさん、ふだん家《いえ》でごろごろしてばっかりだなんて思《おも》ってたけど、家《いえ》の用事《ようじ》ってやってもやっても終《お》わらないなあ）

新人戦《しんじんせん》にもでられないし、期末試験《きまつしけん》の勉強《べんきょう》をする時間《じかん》もないし、おまけに諒太《りょうた》とはあれきり連絡《れんらく》できていなくて、ケンカ別《わか》れみたいになっちゃってるし。

わたし、なにやってんだろ。

お米《こめ》を研《と》ぎながら心《こころ》のなかでくじけそうになっていたとき、
ピンポーン
玄関《げんかん》のチャイムがなった。

「えーっ、ちょっと、今《いま》おねえちゃんでられないから、ノゾム、でてきてっ！」

リビングで宿題《しゅくだい》をしているノゾムに声《こえ》をかける。

「アユも行《い》く！」

「スーも！」

寝《ね》っ転《ころ》がってテレビを観《み》ていた双子《ふたご》たちも、だーっと玄関《げんかん》に走《はし》っていった。

「あー、もう！　あんたたちはいいのっ！」

叫《さけ》んでみたけど、聞《き》いちゃいない。

（なんだっていいや）

やけくそ気味《ぎみ》にお米《こめ》を研《と》ぎつつ考《かんが》える。

昨日《きのう》はカレー。おとといは牛丼《ぎゅうどん》。

さて、今日《きょう》の晩《ばん》ごはんはどうしよう？

今《いま》からスーパーに買《か》い物《もの》に行《い》かなきゃいけないけど、なにを買《か》えばいいのかわからない。

（もう、おそうざいでいいかなあ）

テーブルにつくとごはんがでてくるのがあたりまえに思《おも》っていたけれど、毎日《まいにち》の献立《こんだて》を考《かんが》えるのがこんなにも大変《たいへん》だとは……。

（はーっ、家事《かじ》なんて楽勝《らくしょう》だと思《おも》っていたけど、スーパーで見《み》かける世《よ》の中《なか》のおばさんたちを心《こころ》から尊敬《そんけい》するよ）

そんなことを思《おも》っていたら、玄関《げんかん》からノゾムたちがばたばたともどってきた。

「おねえちゃん！　あの、おねえちゃんのおともだちの！」

「テレビにでてそうなおねえちゃん！」

赤《あか》い顔《かお》の三人《にん》が、身《み》ぶり手《て》ぶりで玄関《げんかん》を指《ゆび》さす。

「はあ？　なにそれ。だれのこと言《い》ってんの？」

（結局《けっきょく》わたしがでなきゃだめじゃん。まったく、役《やく》に立《た》たないんだから）

エプロンで手《て》を拭《ふ》いて、ぶつぶつ言《い》いながら玄関《げんかん》にでると、そこには辻本《つじもと》さん、夏月《なつき》、まいまいが立《た》っていた。

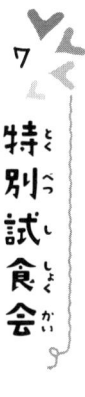

7 特別試食会《とくべつししょくかい》

「やっほー！　なるたん」

三人《にん》の顔《かお》を見《み》て、一瞬《いっしゅん》かたまる。

「みんな、どうしたの？」

おどろいてたずねると、夏月《なつき》が両手《りょうて》に持《も》っていたレジ袋《ぶくろ》をかかげた。

「今日《きょう》はなるたんちで家庭科研究会《かていかけんきゅうかい》の『特別試食会《とくべつししょくかい》』をやらせてもらっていい〜？」

「……はっ？　どういうこと？」

意味《いみ》がわからず、聞《き》きかえす。

「だーかーらー、今日《きょう》、なるたんちの晩《ばん》ごはん、うちらが作《つく》るよってこと」

夏月《なつき》と辻本《つじもと》さんがにこっと笑《わら》う。

「なるたん、弟《おとうと》くんたちのお世話《せわ》もあるし、期末試験前《きまつしけんまえ》なのに大変《たいへん》だよねえって話《はなし》になってさ」

「それならわたしたちが晩《ばん》ごはんの用意《ようい》をすれば、その間《あいだ》に少《すこ》しでもちがうことする時間《じかん》ができるかなあと思《おも》って」

「ねー！」

ふたりが顔《かお》を合《あ》わせてうなずきあう。

「それで、あの、迷惑《めいわく》でなければ、お台所《だいどころ》、使《つか》わせてもらっていい？ 材料《ざいりょう》はぜんぶ用意《ようい》してきたし」

辻本《つじもと》さんが、上目遣《うわめづか》いでおずおずとたずねる。

「それはいいけど……」

わたしは腕《うで》まくりしたトレーナーの袖《そで》を元《もと》にもどしながら答《こた》えた。

夏月《なつき》たちの申《もう》し出《で》は、ものすごく助《たす》かる。

材料《ざいりょう》まで持参《じさん》で来《き》てくれているなら、今《いま》から買《か》い物《もの》に行《い》かなくていいし、辻本《つじもと》さんの言《い》うように、みんなが準備《じゅんび》してくれている間《あいだ》に別《べつ》の用事《ようじ》をすることができる。

なにより、わたしひとりで弟《おとうと》たちの相手《あいて》をしなくてもすむし！

「じゃあ、材料費《ざいりょうひ》はわたしんちで、払《はら》うよ。そこまでしてもらっちゃ悪《わる》いし」

わたしがそう言《い》うと、夏月《なつき》がひとさし指《ゆび》をぴこぴこ横《よこ》にふった。

「そんなのいらないよお〜。なんたってわたしたち、家庭科研究会《かていかけんきゅうかい》ですから〜！」

「領収書《りょうしゅうしょ》と活動報告書《かつどうほうこくしょ》さえあれば、どこで活動《かつどう》したっていいことになってるもんね。それに今回《こんかい》、そんなに材料費《ざいりょうひ》かからなかったし」

ふたりが、きゃっきゃと笑《わら》いあう。

「……えっ？　でも、今月《こんげつ》はサツマイモをテーマにスイーツ試食会《ししょくかい》をするって言《い》ってなかったっけ？」

わたしの質問《しつもん》に、夏月《なつき》がおばさんみたいに手《て》をふって顔《かお》をしかめた。

「それがさあ、スイーツ試食会《ししょくかい》、今月《こんげつ》は文化祭《ぶんかさい》とか期末《きまつ》テストとかで企画《きかく》できそうにないんだ。せっかく裏《うら》の畑《はたけ》のおじさんがたくさんサツマイモわけてくれたのにさ。だから、なるたんちで今日《きょう》やらせてもらえたほうが、うちらも助《たす》かるの」

「それにいちおう、今日《きょう》の献立《こんだて》にもサツマイモを取《と》り入《い》れるつもりだもんね」

フォローするように、辻本《つじもと》さんがつけ足《た》す。

そのとなりで、ずっとだまって立《た》っていたまいまいが、申《もう》し訳《わけ》なさそうに肩《かた》をすくめた。

「とつぜん押《お》しかけて、ごめん。部活《ぶかつ》の帰《かえ》り道《みち》、ふたりに偶然《ぐうぜん》会《あ》って『なるたんちに晩《ばん》ごはん作《つく》りに行《い》く』って言《い》うからさ、料理《りょうり》には自信《じしん》ないけど、それ以外《いがい》のことで手伝《てつだ》えることないかなってついてきたの。わたしにできそうなことならなんでも言《い》ってね。……っていっても、ホントにわたしになにか手伝《てつだ》えるのか怪《あや》しいんだけど」

そう言《い》って、照《て》れくさそうに頭《あたま》をかいた。

(……みんな!)

ずっと、ひとりでなんでもしなきゃと思《おも》っていた。

だれかに頼《たよ》るなんて、甘《あま》えてるんじゃないかって。

だけど、困《こま》っているときには助《たす》けてって言《い》ってもいいんだ。

それはきっとはずかしいことなんかじゃない。

「ありがとう! うれしいよ、来《き》てくれて」

わたしはそう言《い》って、リビングのドアを開《ひら》いた。

「すっごい散《ち》らかってるけど、よかったら入《はい》って。……あ、スリッパ足《た》りないかも」

すると、リビングから顔《かお》をだして様子《ようす》をうかがっていたアユムたちがわっと声《こえ》をあげた。

「わあ、おねえちゃんのおともだち、い～っぱい！」

「莉緒《りお》おねえちゃんだあ～」

一学期《がっき》に、スーパーでばったり会《あ》ってからというもの、すっかり辻本《つじもと》さんのことを気《き》に入《い》っていた弟《おとうと》たちが、あっという間《ま》に辻本《つじもと》さんの足《あし》もとにまとわりつく。

「ほら、邪魔《じゃま》しちゃだめ！　今《いま》からおねえちゃんたち、あんたたちのごはん作《つく》ってくれるんだから」

わたしが注意《ちゅうい》しても、完全無視《かんぜんむし》だ。

「ねえねえ、おねえちゃんの名前《なまえ》はなんていうの？」

「アユムのおもちゃ、見《み》せてあげよっか」

弟《おとうと》たちはうれしそうに夏月《なつき》やまいまいにもまとわりついている。

「わあ、見《み》せて見《み》せて！　お～、かっこいいじゃーん」

まいまいが、弟《おとうと》たちの相手《あいて》をしてくれている間《あいだ》に、辻本《つじもと》さんと夏月《なつき》が台所《だいどころ》で準備《じゅんび》を始《はじ》めた。持参《じさん》したエプロンをつけ、手分《てわ》けして野菜《やさい》を洗《あら》いはじめる。

「ごめん、なるたん。ピーラーってどこにあるかな？」

「この調味料《ちょうみりょう》、使《つか》っていい？」

いつもはおっとりしている辻本《つじもと》さんが、次々《つぎつぎ》と野菜《やさい》をきっていく。

その手際《てぎわ》のよさに感心《かんしん》してしまう。

「すごいねえ。ピーラーってそうやって使《つか》うんだ」

つい声《こえ》をかけると、夏月《なつき》にぎろりとにらまれた。

「ほら、ぼおっとしてないで、わたしたちが帰《かえ》ったら、またひとりであれこれやらなきゃいけないんだから、今《いま》のうちに英語《えいご》の予習《よしゅう》でもしといたら？」

「はあい」

まるで、おかあさんにおこられたみたい。

でも、ちっともいやな気《き》はしなかった。

(……やっぱり友《とも》だちって、いいな)

自分《じぶん》が困《こま》っているときに、素直《すなお》に助《たす》けてって言《い》える。

そんな友《とも》だちがいるって、すごく心強《こころづよ》い。

マカロニ

「なるたん、わたし、今《いま》から弟《おとうと》くんたちといっしょに、お風呂《ふろ》そうじしてくる。ほかにもなんかすることあったら言《い》って」

ノゾムたちに手《て》を引《ひ》っぱられながら、まいまいが声《こえ》をかけてくれた。

「うん、ありがとう」

みんなの言葉《ことば》に甘《あま》えて、わたしは英語《えいご》の予習《よしゅう》と数学《すうがく》のテキストをやりはじめた。

中間《ちゅうかん》テストの成績《せいせき》が悪《わる》かったこと、忙《いそが》しさを理由《りゆう》にしてたけど、今度《こんど》はそんなこと、言《い》えないな。

（がんばらなきゃ）

わたしはペンケースから取《と》りだしたシャーペンのノックを、カチカチと二度押《どお》した。

「わーっ、うっまそう！」

ノゾムが、目《め》を見開《みひら》いて声《こえ》をあげる。

「ねえっ、おねえちゃん。もう食《た》べていい？」

アユムの言葉《ことば》に、わたしはあきれてうなずいた。

「いいよ」

「いっただっきまーす！」

三人《にん》が一斉《いっせい》に手《て》を合《あ》わせる。

サツマイモのまぜごはんに、しょうが焼《や》き、マカロニサラダ、それから、わかめと豆腐《とうふ》のおみそしる。

辻本《つじもと》さんと夏月《なつき》が作《つく》ってくれた今日《きょう》の晩《ばん》ごはんだ。

「ありがとう。こんなまともなごはん、ひさびさに食《た》べるよ～」

わたしが言《い》うと、ちょうど洗《あら》い物《もの》を終《お》えたふたりが、ふふっと顔《かお》を見《み》あわせた。

「そんなによろこんでもらえてうれしいよ」

「作《つく》った甲斐《かい》があるよね」

まいまいも、深《ふか》くうなずいた。

「わたしもさっき味見《あじみ》させてもらったけど、超《ちょう》おいしかった～！」

ちらっと横目《よこめ》で見《み》ると、シンクがぴかぴかに磨《みが》かれていた。

テーブルの上《うえ》に散《ち》らばっていた新聞紙《しんぶんし》やプリント類《るい》も、いつの間《ま》にかはしに寄《よ》せられている。

（わあ、片《かた》づけてくれたんだあ。助《たす》かる〜）

「せっかくだから、みんなもいっしょに食《た》べていけばいいのに」

そう言《い》ったけど、みんなはううんと首《くび》を横《よこ》にふった。

「そうしたいんだけど、家《いえ》で食《た》べなきゃ、親《おや》がうるさいし〜」

「わたしたちは、取《と》りわけさせてもらえたしね」

夏月《なつき》と辻本《つじもと》さんが、保存容器《ほぞんようき》につめたおかずを持《も》ちあげる。

「そのかわり、さっきわたしたアンケート、書《か》いといてね。たとえひとりでも、これを提《てい》出《しゅつ》しないと部《ぶ》の活動《かつどう》としてみとめてもらえないんだから」

夏月《なつき》に言《い》われて、わたしはうんとうなずいた。

「もちろん。しっかり書《か》いておくよ。明日《あした》わたすね」

「じゃあね、わたしたち帰《かえ》るから。おねえちゃんの言《い》うこと、よく聞《き》くんだよ」

すっかり弟《おとうと》たちと仲《なか》よくなったまいまいが腰《こし》に手《て》をあてて言《い》うと、ノゾムたちはおはしを置《お》いて、立《た》ちあがった。

「え、おねえちゃんたち、もう帰《かえ》っちゃうの？」

「もうちょっといてよ〜！」

「いっしょにごはん食《た》べよう？」

そう言《い》って、帰《かえ》り支度《じたく》をして玄関《げんかん》にむかう三人《にん》のあとを追《お》いかける。

「あはは。ありがとう」

「もう遅《おそ》いし、おねえちゃんたち、帰《かえ》るね」

「なるたん、また遊《あそ》びに来《き》ていい？」

夏月《なつき》に聞《き》かれて、わたしはもちろんとうなずいた。

「次《つぎ》は材料費《ざいりょうひ》、うちがだすから、また来《き》てね」

わたしの言葉《ことば》に、弟《おとうと》たちまでやったーと声《こえ》をあげた。

「ほら、いいから、あんたたちはごはん食《た》べてなさい」

名《な》ごり惜《お》しむ弟《おとうと》たちをダイニングに追《お》いたてて、玄関《げんかん》にでるみんなを送《おく》りだす。

「今日《きょう》はホントにありがとう」

わたしの言葉《ことば》に、みんなは照《て》れくさそうに顔《かお》を見《み》あわせた。

「無理《むり》しないようにね」

「いつでも手伝《てつだ》いに来《く》るから、遠慮《えんりょ》しないで」

そこで、まいまいがそういえばと思《おも》いついたようにつぶやいた。

「なるたん、部活《ぶかつ》だけじゃなくて塾《じゅく》もずっと休《やす》んでるんだってね。諒太《りょうた》とは連絡取《れんらくと》りあってるの？」

そう聞《き》かれて、どきんと胸《むね》がなる。

まさか、ケンカ中《ちゅう》だなんてとてもじゃないけど言《い》えない。

「……うーん、忙《いそが》しいから今《いま》はちょっと連絡《れんらく》できてないんだよね」

言葉《ことば》をにごして答《こた》えると、まいまいがぴくりとまゆをあげた。

「まさかなるたん、諒太《りょうた》からのメッセージとか電話《でんわ》、まだ無視《むし》してるわけ？」

「ふぇっ？」

ギクッとして声《こえ》が裏《うら》がえる。

「無視《むし》してるっていうか、なんていうか……」

「わたし、前《まえ》も言《い》ったよね？　諒太《りょうた》がかわいそうだって」

「……そ、そうなんだけどさ、わたしも連絡《れんらく》しようとは思《おも》ってるんだよ？　だけど、弟《おとうと》が生《う》まれて前《まえ》より忙《いそが》しくなっちゃってさ」

もごもご言《い》い訳《わけ》しようとしたけど、まいまいが先《さき》を制《せい》した。

「あのさ、なるたん知《し》らないかもしれないけど、諒太《りょうた》、あれでけっこうモテるんだからね。そんなにほったらかしにしてたら、さすがの諒太《りょうた》もいいかげん、なるたんのこと追《お》いかけるのやめちゃうかもよ？」

ズキン
胸《むね》に痛《いた》みが走《はし》る。

ほったらかしにしてるつもりはない。

ただ、どういうきっかけで連絡《れんらく》をすればいいかわからないだけだ。

本当《ほんとう》はわたしだって、きちんと仲《なか》なおりしたいって思《おも》ってるのに……。

だまってうなだれていたら、それまでわたしをにらみつけていたまいまいの表情《ひょうじょう》が、にたっと笑顔《えがお》に変《か》わった。

「なーんちゃって。びっくりした？　ウソウソ。諒太《りょうた》に限《かぎ》ってそんなわけ、ないない。なにがあってもあいつ、なるたん一筋《ひとすじ》だから」

あははと笑《わら》うまいまいに合《あ》わせて、わたしも無理《むり》やり笑《わら》う。

（……そうならいいんだけど）

「ま、今《いま》はしかたないけど、せいぜい暇《ひま》を見《み》つけてせめてメッセージくらいかえさなきゃだめだよ？」

まいまいの言葉《ことば》に、わたしはぎこちなくうなずいた。

「……うん、そうするよ」

「じゃあまた、学校《がっこう》でね！」

ばいばーいと帰《かえ》っていくみんなに手《て》をふる。

「今日《きょう》は本当《ほんとう》にありがとう〜！」

みんなの背中《せなか》が見《み》えなくなるまで見送《みおく》ってから、空《そら》を見上《みあ》げた。

前《まえ》に諒太《りょうた》が言《い》っていたように、いつもより星《ほし》がきらきらと瞬《またた》いて見《み》える。

（……諒太《りょうた》、どうしてるかなあ）

『さすがの諒太《りょうた》もいいかげん、なるたんのこと追《お》いかけるのやめちゃうかもよ？』

ふいに、さっきのまいまいのセリフを思《おも》いだす。

(もしかしたら、まいまいが言《い》うとおり、わたしのことあきれちゃったのかな)

こんなときは、どうしたらいいんだろう？

すぐに連絡《れんらく》するべき？

だけど、こんな落《お》ちつかない気持《きも》ちで連絡《れんらく》を取《と》っても、またケンカになってしまうにちがいない。

それに、また塾《じゅく》に行《い》くようになったら、諒太《りょうた》と会《あ》うことができる。そのときにちゃんと仲《なか》なおりさえすれば、きっと大丈夫《だいじょうぶ》だ。

「……そうだよ、だから今《いま》はしかたないんだよ」

わたしは自分《じぶん》に言《い》いきかせるようにくりかえすと、

「せっかく作《つく》ってもらったんだから、あたたかいうちに食《た》べなきゃ」

両手《りょうて》をこすりあわせ、家《いえ》へともどった。

8 胸《むな》さわぎ

数日後《すうじつご》、おかあさんは無事《ぶじ》にモトムと家《いえ》にもどってきた。

モトムはよく寝《ね》る子《こ》で、おかあさんもずいぶん楽《らく》だと言《い》っていた。

とはいえ、数時間《すうじかん》おきにおっぱいをあげたり、おむつを替《か》えたりしないといけないから、おかあさんはモトムにつきっきりだ。

おかあさんのことが大好《だいす》きなアユムとススムが赤《あか》ちゃんがえりしないか心配《しんぱい》していたけど、それは取《と》りこし苦労《ぐろう》だった。

モトムがちょっとでもふにゃあと声《こえ》をあげると、ふたりはかわるがわるに、いないいないばあをしてあやしたり（多分見《たぶんみ》えてないと思《おも》うけど）、あわてて紙《かみ》おむつを持《も》ってきたりして、一生懸命《いっしょうけんめい》モトムの世話《せわ》を焼《や》こうとしている。

どうやらふたりとも、おにいちゃんになったのがうれしくてたまらないらしい。おとうさんに何度《なんど》もモトムを抱《だ》っこしたいとせがんでは、困《こま》らせていた。

わたし自身《じしん》も家事《かじ》にずいぶんなれてきたし、育児休暇中《いくじきゅうかちゅう》のおとうさんと家事《かじ》を手分《てわ》けできるから、それまでよりもずっと気持《きも》ちに余裕《よゆう》ができた。

たまに、夏月《なつき》と辻本《つじもと》さんが差《さ》し入《い》れと言《い》っては手作《てづく》りのお菓子《かし》やおかずを持《も》ってきてくれるのも、ものすごく助《たす》かっている。

（これなら、なんとかやっていけるかな）

そう思《おも》って、おとうさんとおかあさんとも相談《そうだん》し、明日《あした》から部活《ぶかつ》に参加《さんか》することにした。

といっても、あと数日《すうじつ》でテスト一週間前《いっしゅうかんまえ》になるから部活停止《ぶかつていし》になるんだけど、それでもかまわなかった。

新人戦《しんじんせん》にでられなかったくやしさを晴《は》らすためにも、一日《にち》も早《はや》く部活《ぶかつ》にもどりたいのだ。


翌日《よくじつ》、一週間《いっしゅうかん》ぶりに部活《ぶかつ》に参加《さんか》した。

「ありがとうございましたー！」

練習後《れんしゅうご》の挨拶《あいさつ》を終《お》え、タオルで汗《あせ》をぬぐう。

（あ〜、楽《たの》しかったあ）

ひさしぶりに汗《あせ》をかいて、すっきりした。

やっぱりわたしはバレーボールが好《す》きなんだなってあらためて感《かん》じた。

だって、部活《ぶかつ》を休《やす》むのがこんなにもつらいなんて思《おも》わなかったし。

新人戦《しんじんせん》のことは残念《ざんねん》だったけど、気持《きも》ちを切《き》りかえて次《つぎ》の試合《しあい》にむけてがんばらなきゃ。

（よ〜し、さっさと片《かた》づけしちゃおう）

ほかの一年生《ねんせい》たちがおしゃべりをしているなか、わたしはタオルを肩《かた》にかけ、ひとりで後片《あとかた》づけを始《はじ》めた。


練習《れんしゅう》のあと着《き》がえていたら、部室《ぶしつ》のすみでかたまって話《はなし》をしている麗華《れいか》たちの声《こえ》が聞《き》こえた。

「あずみってば、いまさらもどってくるなんて、すっごい心臓《しんぞう》だよね」

「わたしだったら、ぜったい無理《むり》。よくそんなことできるよ」

（……ふーん、あずみ、もどってくるんだ）

あずみは、夏休《なつやす》み明《あ》け早々《そうそう》にバレー部《ぶ》を退部《たいぶ》した。

そのきっかけになったのは、おそらく、わたし、なんだろう。

一年生《ねんせい》のなかでひとりだけ、みんなとつるまないわたしのことを、あずみは露骨《ろこつ》に嫌《きら》っていた。

思《おも》えばほかの子《こ》たちは、入部《にゅうぶ》したときからみんな、あずみの言《い》いなりだった。

あずみが「練習《れんしゅう》の手《て》をぬこう」と言《い》えば、同《おな》じように手《て》をぬき、先輩《せんぱい》から言《い》われたことも、「いいじゃん、そんなのいちいち守《まも》らなくても」とあずみが言《い》えば、みんなそれに従《したが》っていた。

けど、わたしはあずみの意見《いけん》に従《したが》わず、自分《じぶん》のペースで練習《れんしゅう》にのぞんでいた。

そんなわたしのことが、あずみは腹立《はらだ》たしくてしかたなかったんだろう。

わたし自身《じしん》は、あずみに嫌《きら》われているのを感《かん》じていても、あまり気《き》にしていなかったんだけど。

わたしにとって部活《ぶかつ》はバレーボールをする場《ば》で、友《とも》だちを作《つく》る場《ば》だとは思《おも》っていなかったし、まじめに練習《れんしゅう》をして少《すこ》しでもいいプレーができればそれでいいと思《おも》っていたから。

だけど、そんな状況《じょうきょう》を見《み》かねた夏月《なつき》が、わたしをかばってくれた。

そのことがきっかけになり、今度《こんど》は夏月《なつき》が孤立《こりつ》させられてしまった。そして夏月《なつき》はそのまま夏休《なつやす》み前《まえ》に、バレー部《ぶ》を辞《や》めた。

あのときは、夏月《なつき》を巻《ま》きこむ形《かたち》になってしまい、悪《わる》いことしたなと思《おも》っていたけど、そのあと、辻本《つじもと》さんと『家庭科研究会《かていかけんきゅうかい》』を立《た》ちあげ、楽《たの》しそうに活動《かつどう》しているから、今《いま》はそれでよかったんだなと思《おも》っている。

これですべて決着《けっちゃく》がついたかと思《おも》っていたけど、この一連《いちれん》の出来事《できごと》はこれでは終《お》わらなかった。

夏月《なつき》が部活《ぶかつ》を辞《や》めたあと、今度《こんど》はあずみ自身《じしん》が無視《むし》されるようになってしまった。

みんな、あずみの言《い》いなりだったのに、本当《ほんとう》は心《こころ》の奥《おく》であずみのことを嫌《きら》っていたのだ。

そして、あずみもバレー部《ぶ》を辞《や》めてしまった。

（あんなことがあって、それでもまだ部活《ぶかつ》にもどってこようとするなんて、なかなか根性《こんじょう》あるじゃん）

あずみは、練習《れんしゅう》があまり好《す》きではなさそうだったけど、バレーボールに関《かん》してはセンスがある子《こ》だ。きちんと練習《れんしゅう》さえつめば、きっとうまくなる。

なにが理由《りゆう》でもどろうと思《おも》ったのかはわからないけど、もしかしたら、あずみもわたしと同《おな》じように、本当《ほんとう》はバレーボールが好《す》きなんだってことに気《き》がついたんじゃないだろうか。

今回《こんかい》、新人戦《しんじんせん》にでられなかったことで、わたしは自分《じぶん》が思《おも》ってた以上《いじょう》にバレーボールが好《す》きなんだって再確認《さいかくにん》することができた。

だから、もしもあずみがもう一度《いちど》バレーボールをやろうと思《おも》った理由《りゆう》が、わたしと同《おな》じなら、きっと今度《こんど》はうまくいくんじゃないかな。

わたしはそう信《しん》じている。

(さて、部活《ぶかつ》には無事《ぶじ》もどれたけど、塾《じゅく》にももどらないとなあ)

月末《げつまつ》には期末《きまつ》テストが始《はじ》まる。

いくらいろんな事情《じじょう》があったとはいえ、今度《こんど》こそきちんと勉強《べんきょう》をして成績《せいせき》を挽回《ばんかい》しておかないと後々《のちのち》きっと困《こま》るだろう。それに、家族《かぞく》を言《い》い訳《わけ》にしたくない。

おとうさんたちも、わたしに無理《むり》がないようなら、いつからでも塾《じゅく》にもどればいいと言《い》ってくれている。

(諒太《りょうた》にメッセージしてみようかな……)

なんとなく言《い》い訳《わけ》を作《つく》って、のばしのばしにしてしまったけど、まいまいの言《い》うとおり、このままでいいわけない。

(……よし、今日《きょう》連絡《れんらく》してみよう)


部活後《ぶかつご》、家《いえ》に帰《かえ》ってすぐ、自分《じぶん》の部屋《へや》から諒太《りょうた》に電話《でんわ》をかけてみた。だけど、なかなかつながらない。

(……どうしたんだろ)

机《つくえ》の上《うえ》にある置時計《おきどけい》を見《み》ると、六時半前《じはんまえ》。

もしかしたら、まだ電車《でんしゃ》に乗《の》っているのかもしれない。それならと、しかたなくメッセージを送《おく》ってみた。

『今週《こんしゅう》からまた塾《じゅく》に復活《ふっかつ》するから、よろしく』

われながらかわいげのないメッセージだとは思《おも》いつつ、しばらくスマホの画面《がめん》を見《み》ていたけれど、なかなか既読《きどく》がつかない。

(諒太《りょうた》も忙《いそが》しいのかな)

ぼんやりそう思《おも》っていたら、

「おねえちゃーん、おとうさんが食器《しょっき》ならべるの、手伝《てつだ》ってって」

部屋《へや》の外《そと》からノゾムの声《こえ》がした。

「はーい、今行《いまい》くよー」

わたしは手《て》に持《も》っていたスマホを机《つくえ》の上《うえ》に置《お》いて、部屋《へや》をでた。


翌朝《よくあさ》、学校《がっこう》へ行《い》く前《まえ》にスマホを確認《かくにん》した。

諒太《りょうた》に送《おく》ったメッセージにはまだ既読《きどく》がついていない。

(おかしいな)

いつもなら、すぐに既読《きどく》がつかないときでも、翌日《よくじつ》には必《かなら》ずメッセージかスタンプがかえってくるのに。

(まだおこってるのかな)

たしかに一方的《いっぽうてき》に諒太《りょうた》につめ寄《よ》ったことは悪《わる》かったかもしれない。

だけど、こちらが真剣《しんけん》に話《はなし》をしようとしているのに、笑《わら》ってはぐらかそうとする諒太《りょうた》もよくないと思《おも》う。

わたしはただ、諒太《りょうた》の本当《ほんとう》の気持《きも》ちが知《し》りたかっただけなのに。

(とりあえず、今日《きょう》塾《じゅく》に行《い》けば諒太《りょうた》に会《あ》えるはずだし、ちゃんと話《はなし》をしてみよう。そしたらきっと、仲《なか》なおりできるだろうし)

メッセージやスタンプだと顔《かお》が見《み》えない分《ぶん》、言葉《ことば》だけのやりとりになってしまう。便利《べんり》な反面《はんめん》、自分《じぶん》の思《おも》っていることがちゃんと伝《つた》わらないこともあるし、顔《かお》を合《あ》わせて話《はな》せば、きっと大丈夫《だいじょうぶ》。……だよね?

わたしは心《こころ》のなかでだれにともなくそうつぶやくと、あわただしく学校《がっこう》へむかった。

9 さけられてる？

部活《ぶかつ》のあと、大急《おおいそ》ぎで家《いえ》に帰《かえ》り、かんたんに食事《しょくじ》をとってすぐに塾《じゅく》へとむかった。駐輪《ちゅうりん》場《じょう》のいつもの場所《ばしょ》には、諒太《りょうた》のマウンテンバイクが停《と》まっている。

（もう来《き》てるかな）

そう思《おも》って教室《きょうしつ》にかけこんでみたけど、諒太《りょうた》の姿《すがた》はない。

（あれっ、まだ来《き》てないんだ……）

電車通学《でんしゃつうがく》をしている諒太《りょうた》は、先生《せんせい》から許可《きょか》を得《え》て、駅《えき》に近《ちか》い塾《じゅく》の駐輪場《ちゅうりんじょう》にいつもマウンテンバイクを停《と》めさせてもらっている。

ということは、まだ学校《がっこう》からもどっていないんだろうか？

それとも、前《まえ》みたいに電車《でんしゃ》が遅《おく》れてるのかな？

不安《ふあん》な気持《きも》ちできょろきょろしていると、とんと肩《かた》をたたかれた。

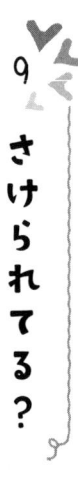

（……諒太《りょうた》？）

そう思《おも》ってふりかえったら、広瀬《ひろせ》が立《た》っていた。

「なんだよ、その『な～んだ、広瀬《ひろせ》か』って顔《かお》。……ま、いいけどさ。それより、諒太《りょうた》のやつ、最近塾来《さいきんじゅくく》るの、すげえ遅《おそ》いぞ。うちのかあちゃんの情報《じょうほう》だと、なんか、学校《がっこう》の補習《ほしゅう》受《う》けてるっぽい」

そう言《い》われて、えっと声《こえ》をあげる。

「補習《ほしゅう》？　なにそれ。そんなの聞《き》いてない。いつから？」

わたしが聞《き》くと、広瀬《ひろせ》はうーんとしばらく考《かんが》えた。

「おまえが塾休《じゅくやす》んだあたりかなあ。期末近《きまつちか》いからじゃねえの？」

（……そうだったんだ）

だから昨日電話《きのうでんわ》してもでられなかったのかな。けど、メッセージくらいは送《おく》れるはずなのに。

「諒太《りょうた》、このままだったら、競泳《きょうえい》みたいに塾《じゅく》も辞《や》めさせられるのかもしんねえぞ。あいつんちのかあちゃん、おっかないらしいしさ。……あ、やべ。先生来《せんせいき》た」

話《はなし》の途中《とちゅう》で広瀬《ひろせ》は、あわててイスに座《すわ》ってしまった。しかたなく、わたしも自分《じぶん》の席《せき》につく。

教室《きょうしつ》を見《み》わたした先生《せんせい》はわたしの姿《すがた》に気《き》がつくと、うなずきながらファイルになにか書《か》きとめた。

「鳴尾《なるお》さんは、今日《きょう》から復帰《ふっき》だね。休《やす》んでた間《あいだ》に進《すす》んだ分《ぶん》のプリントをわたすから、授業《じゅぎょう》のあとに受付《うけつけ》で事務員《じむいん》さんから受《う》けとるように」

そう言《い》われて、うわのそらでうなずく。

(諒太《りょうた》ってば、なんで補習《ほしゅう》なんて急《きゅう》に受《う》ける気《き》になったんだろ。前《まえ》まで、試験《しけん》なんて楽勝《らくしょう》だって言《い》ってたのに)

そこでふいにさっき広瀬《ひろせ》から聞《き》いた話《はなし》を思《おも》いだした。

諒太《りょうた》のおかあさんが前《まえ》から啓輝塾《けいきじゅく》を辞《や》めさせたがっているという話《はなし》は、広瀬《ひろせ》たちから今《いま》まで何度《なんど》も聞《き》いたことがある。

本当《ほんとう》はわたしたちと同《おな》じつつじ台中学《だいちゅうがく》に来《き》たかったのに、親《おや》に泣《な》きつかれてしかたなく競泳《きょうえい》をあきらめて聡明《そうめい》に行《い》ったということも。

大好《だいす》きな競泳《きょうえい》を無理《むり》やり辞《や》めさせられて、そのあと、ライバルがどんどんいい成績《せいせき》をのこしている。しかも、今度《こんど》は塾《じゅく》まで辞《や》めさせられようとしている。

そのことをだれにも言《い》えずに悩《なや》んでいて、それであの日《ひ》、わたしにメッセージを送《おく》ってきたのかも。

そう考《かんが》えたら、すべて納得《なっとく》がいくような気《き》がしてきた。

(んもーっ。それならどうしてそのあと、連絡《れんらく》してくれなかったんだろう？)

そう思《おも》ってから、苦笑《にがわら》いする。

わたしだってこの数週間《すうしゅうかん》、『忙《いそが》しい』を理由《りゆう》にして諒太《りょうた》からのメッセージに返事《へんじ》をしていなかった。せっかく一度《ど》は伝《つた》えようとしてくれていたのに。

(なんにも言《い》ってもらえないって、こんなにさみしいことだったんだな)

わたしはいつだって、自分《じぶん》のことはなんでも自分《じぶん》で決《き》めてきた。

だれかに頼《たよ》るのはいけないことのような気《き》がして、少々悩《しょうしょうなや》むことがあったとしてもぜんぶ自分《じぶん》で解決《かいけつ》するようにしてきた。

そんなわたしを変《か》えてくれたのは、まいまいたち。それから、諒太《りょうた》だ。

だから、わたしも諒太《りょうた》に自分《じぶん》の気持《きも》ちにウソをついてほしくない。

そう思《おも》っただけなのに、どうしてこんなことになっちゃったんだろう？

先生《せんせい》が、期末《きまつ》にむけての大事《だいじ》なポイントをホワイトボードに書《か》きだすのをぼんやり見《み》ていたら、
ガタッ
教室《きょうしつ》のドアがスライドする音《おと》がした。

（……諒太《りょうた》？）

ふりかえると、制服姿《せいふくすがた》の諒太《りょうた》が教室《きょうしつ》に入《はい》ってきた。腰《こし》をかがめて、一番《いちばん》うしろの席《せき》についたようだ。

先生《せんせい》は一瞬《いっしゅん》ちらっと諒太《りょうた》のほうを見《み》たけど、なにも言《い》わずにこちらに背《せ》をむけて板書《ばんしょ》を続《つづ》けた。

その姿《すがた》を確認《かくにん》してから、わたしは一生懸命《いっしょうけんめい》諒太《りょうた》のほうを見《み》た。

（諒太《りょうた》、こっち見《み》て！）

そう思《おも》うのに、諒太《りょうた》はわたしのほうを見《み》ようとはしない。

塾《じゅく》での席《せき》は、特《とく》には決《き》まっていない。

だけどだいたいみんな同《おな》じ場所《ばしょ》に座《すわ》るから、わたしがここに座《すわ》っていることを諒太《りょうた》はぜったいにわかっているはず。

なのに、どうしてこっちを見《み》てくれないの？

「鳴尾《なるお》さん」

ふいに名前《なまえ》を呼《よ》ばれて、背筋《せすじ》を伸《の》ばす。

「どうしましたか？　前《まえ》をむきなさい」

先生《せんせい》に注意《ちゅうい》をされて、しぶしぶ前《まえ》をむく。

授業《じゅぎょう》の前《まえ》に確認《かくにん》したら、わたしが諒太《りょうた》に送《おく》ったメッセージは既読《きどく》がついていた。だけど、返事《へんじ》はなかった。

諒太《りょうた》、やっぱりおこってるのかな。

わたしと目《め》を合《あ》わせたくないくらいに？

そう考《かんが》えたら、胸《むね》が苦《くる》しくなった。

指先《ゆびさき》がふるえて、うまく字《じ》が書《か》けない。

模試

(ううん、そんなことない。きっとわたしに気《き》がついてないだけだ)

先生《せんせい》が、ふたたび板書《ばんしょ》を始《はじ》めた。

わたしはよけいなことを考《かんが》えずにすむよう、ひたすらそれらをノートに書《か》きとめた。


「では、今日《きょう》の授業《じゅぎょう》を終《お》わります」

先生《せんせい》が言《い》ったとたん、わたしは席《せき》を立《た》ちあがった。流《なが》しこむようにしてテキスト類《るい》をかばんに入《い》れ、ふりかえる。

「……あっ」

諒太《りょうた》もかばんを手《て》に、教室《きょうしつ》からでていこうとしている。もちろん、わたしのほうなんて見《み》むきもしない。

(なんとしてでも、引《ひ》きとめなきゃ!)

「……ちょっと待《ま》って、諒太《りょうた》!」

そう言《い》って、ほかの子《こ》たちを押《お》しのけるようにして教室《きょうしつ》を飛《と》びだす。

たくさんの塾生《じゅくせい》たちにまぎれて遠《とお》ざかっていく背中《せなか》を追《お》いかけようとしたら、

「鳴尾《なるお》さん！」

うしろから声《こえ》をかけられた。

ふりかえると、先生《せんせい》が険《けわ》しい顔《かお》でわたしを見《み》ている。

「プリントを受《う》けとってから帰《かえ》るようにって言《い》っただろ？」

「……あっ、すみません」

（んも〜っ！　今《いま》はそれどころじゃないのに！）

そう思《おも》ったけど、さからうと、あとあとややこしくなる。しかたなく受付《うけつけ》にいる事務員《じむいん》さんからプリントを受《う》けとると、大急《おおいそ》ぎで駐輪場《ちゅうりんじょう》へむかった。

（まだ、帰《かえ》っていませんように……！）

だけど、マウンテンバイクはもうなくなっていた。すぐに大通《おおどお》りのほうへふりかえってみたけれど、諒太《りょうた》の姿《すがた》は見《み》えない。

（あ〜あ……）

大《おお》きく息《いき》をついて、空《そら》を見上《みあ》げる。

冬《ふゆ》の夜空《よぞら》に、またたく星《ほし》たちがわたしのことを見《み》おろしている。

メッセージを送《おく》っても返事《へんじ》がないんだから、わたしのことをおこっているんだろうなとは思《おも》っていた。

だけど、まさかこんな風《ふう》にさけられるなんて。

（わたし、諒太《りょうた》に嫌《きら》われちゃったのかな……）

そう考《かんが》えると、星《ほし》がにじんで見《み》えた。

弟《おとうと》が生《う》まれるという話《はなし》をしたとき、諒太《りょうた》はめずらしくまじめな顔《かお》で言《い》ってたっけ。

『そんなに兄弟《きょうだい》がいると、いいなあ』って。

あのとき、諒太《りょうた》はなにを思《おも》ってそんなこと言《い》ったんだろう。

だけど、いくら考《かんが》えたって、その答《こた》えは思《おも》いうかばない。

（そりゃ、そうだよね。諒太《りょうた》からはなんにも聞《き》いていないんだから）

『勝手《かって》にいろいろ決《き》めつけんなよ』

あの日《ひ》、言《い》われた言葉《ことば》。

わたしの悪《わる》いところは、いつも先《さき》に自分《じぶん》の意見《いけん》を言《い》ってしまうこと。

諒太《りょうた》の気持《きも》ちが知《し》りたければ、ちゃんと耳《みみ》をかたむけて聞《き》かなきゃいけなかったのに。

（これから、どうしたらいいんだろう？）

すっかり冷《ひ》えきった指先《ゆびさき》に小《ちい》さく息《いき》を吹《ふ》きかけて、両手《りょうて》をこすりあわせた。

それでも、指先《ゆびさき》はちっともあたたかくはならなかった。

10 みんなからのアドバイス

翌朝《よくあさ》はいつもより早《はや》めに学校《がっこう》に行《い》き、昨日《きのう》塾《じゅく》でわたされたプリントをすることにした。

あのあと、家《いえ》に帰《かえ》ってからも諒太《りょうた》のことばかり考《かんが》えていて、ぜんぜん勉強《べんきょう》がはかどらなかったのだ。

（……わたし、このままふられちゃうのかな）

そう思《おも》いかけて、ぶるぶると首《くび》を横《よこ》にふる。

（あー！　もう。今《いま》はプリントに集中《しゅうちゅう》、集中《しゅうちゅう》！）

考《かんが》えれば考《かんが》えるほど、よくないことばかり考《かんが》えてしまう。

「あれ、なるたん、早《はや》いじゃん。どうしたの？」

プリントをほとんどやり終《お》えたあたりで、まいまいが登校《とうこう》してきた。数式《すうしき》に集中《しゅうちゅう》したせいか、いつの間《ま》にか、ずいぶん時間《じかん》がたっていたようだ。

「……あー、うん。昨日塾《きのうじゅく》で休《やす》んでる間《あいだ》に配布《はいふ》されたプリントもらったし、それやってたの。期末《きまつ》の勉強《べんきょう》にもなるし」

わたしがそう答《こた》えると、まいまいは「さっすがなるたん」と感心《かんしん》したように目《め》を見開《みひら》いた。

「塾《じゅく》、昨日《きのう》から復活《ふっかつ》したんだ？　あ、じゃあ、諒太《りょうた》ともひさびさに会《あ》えたんだね」

一瞬《いっしゅん》、どう答《こた》えようか迷《まよ》ったけど、あいまいにうなずいた。

「……うん、まあね。諒太《りょうた》、急《いそ》いでたみたいだから、話《はなし》できなかったけど」

もごもごと言葉《ことば》をにごしてそう言《い》ったけど、まいまいは特《とく》に気《き》にとめなかった。

「そっかあ。でも、よかったじゃん。諒太《りょうた》、塾辞《じゅくや》めさせられなくて」

わたしはびっくりして聞《き》きかえした。

「そのこと、どうしてまいまいが知《し》ってるの？」

すると、まいまいは申《もう》し訳《わけ》なさそうに首《くび》をすくめた。

「……あー、ごめん。広瀬《ひろせ》から聞《き》いたんだ。諒太《りょうた》のおかあさん、厳《きび》しそうだもんね」

「えっ、まいまい、諒太《りょうた》のおかあさんのことも知《し》ってるんだ？」

わたしが聞《き》いたら、今度《こんど》はまいまいがおどろいた様子《ようす》でおおげさにのけぞった。

「あたりまえじゃん。知《し》らないほうがびっくりするよ！」

「えっ、そうなの？」

わたしがたずねると、まいまいがあきれたように続《つづ》けた。

「なるたんも、ぜったい見《み》たことあるはずだよ。とにかく、女優《じょゆう》さんみたいにきれいな人《ひと》。

諒太《りょうた》のおかあさんが来《き》たら、そこだけパッと花《はな》が咲《さ》いたみたいに華《はな》やかになるの。ほかのおかあさんたちとは明《あき》らかにファッションがちがうし、おかあさんっていうよりは女《おんな》の人《ひと》って感《かん》じ。……それとさ」

そこでまいまいが声《こえ》をひそめた。

「うちのママが言《い》ってたけど、保護者《ほごしゃ》の間《あいだ》でも有名《ゆうめい》なんだって。大病院《だいびょういん》の奥《おく》さんなのに、病院《びょういん》の仕事《しごと》は一切《いっさい》手伝《てつだ》わないで、別《べつ》の仕事《しごと》してるって。気《き》が強《つよ》そうな奥《おく》さんだから、院長《いんちょう》先生《せんせい》も頭《あたま》があがらないのかもねえなんて言《い》ってたよ」

「……ふーん」

（そういううわさ話《ばなし》って、大人《おとな》になってもあるんだなあ）

諒太《りょうた》のおかあさんが気《き》が強《つよ》そうな女《おんな》の人《ひと》であるのはともかく、病院《びょういん》を経営《けいえい》している人《ひと》と結婚《けっこん》をしたからといって、その仕事《しごと》を必《かなら》ず手伝《てつだ》わなきゃいけない決《き》まりなんてないんじゃないだろうか。

そんなことを考《かんが》えていたら、まいまいがあわててつけ足《た》した。

「ごめんごめん。なんか悪口《わるくち》っぽいこと言《い》っちゃったね。彼氏《かれし》のおかあさんのこと、そんな風《ふう》に言《い》われたら、いやだよねえ」

（……うーん）

とりあえず人《ひと》から聞《き》いた話《はなし》だけでは、諒太《りょうた》のおかあさんがどんな人《ひと》なのか、わたしにはわからない。

だから、肯定《こうてい》も否定《ひてい》もせずにあいまいに返事《へんじ》をしておいた。

「今《いま》のはおばさんたちのただのうわさ話《ばなし》だから。よけいなこと言《い》って、ごめんね」

「ううん、教《おし》えてくれてありがと」

そこまで言《い》ったところで、

「おはよ。なに、ふたりして。なんか真剣《しんけん》な話《はなし》？」

登校《とうこう》してきた夏月《なつき》が声《こえ》をかけてきた。となりには、辻本《つじもと》さんも立《た》っている。

「あ、べつにそういうわけじゃないんだけどさ。なるたん、昨日《きのう》やっと塾《じゅく》に行《い》けたみたい。でも、諒太《りょうた》とは話《はなし》できなかったんだって」

まいまいが答《こた》えたら、夏月《なつき》が「そういえばさ」と話《はなし》に入《はい》ってきた。

「わたし知《し》らなかったけど、諒太《りょうた》くんって中嶋総合病院《なかじまそうごうびょういん》の子《こ》だったんだね！　超《ちょう》セレブじゃん」

夏月《なつき》が感心《かんしん》したように言《い》うと、まいまいがまるで自分《じぶん》のことのように自慢《じまん》げにうなずいた。

「言《い》っとくけど、諒太《りょうた》んちの病院《びょういん》ってつつじ台《だい》だけじゃなくてすみれが丘《おか》にも、あと鈴蘭《すずらん》タウンにも分院《ぶんいん》があるんだよ。すっごい大《おお》きい病院《びょういん》なんだから」

その言葉《ことば》に、夏月《なつき》がへーっと声《こえ》をあげた。

「そっか。だから、諒太《りょうた》くん、聡明《そうめい》に行《い》ったんだね。あんなになるたんのこと大好《だいす》きなのに、どうして同《おな》じ中学《ちゅうがく》にしなかったのかなって思《おも》ったけど、それで納得《なっとく》」

夏月《なつき》の言葉《ことば》に、わたしはあわてて質問《しつもん》した。

「え、どうして？　なにが納得《なっとく》なの？」

すると、夏月《なつき》はあきれたようにわたしを見《み》た。

「だってそんな大《おお》きな病院《びょういん》の家《いえ》の子《こ》だったら、家《いえ》を継《つ》がなきゃいけないでしょ。将来《しょうらい》、お医者《いしゃ》さんになるために聡明《そうめい》に行《い》ったんじゃないの？　しかたないけど、大変《たいへん》だよねえ」

「きっとそうだよ。だって諒太《りょうた》、ひとりっ子《こ》だし。お金持《かねも》ちなのはうらやましいけど、セレブにはセレブなりの悩《なや》みがあるんだねえ」

わたしを置《お》いてけぼりにして盛《も》りあがっているふたりの話《はなし》を、気持《きも》ち半分《はんぶん》で聞《き》いていた。

(……そうだったの？　諒太《りょうた》)

わたしはかばんにつけてあるマスコットを見《み》つめた。夏休《なつやす》み中《ちゅう》、諒太《りょうた》とデートしたときにもらったものだ。

わたし、諒太《りょうた》の彼女《かのじょ》なのに、そんなことも気《き》がつかずにいた。

いつもわたしといっしょのときは、明《あか》るい顔《かお》しか見《み》せなかったけど、まいまいや夏月《なつき》が言《い》うように、諒太《りょうた》には諒太《りょうた》なりの悩《なや》みがあったのかもしれない。

(……それなのに、ひどいこと言《い》っちゃった。そりゃあ、嫌《きら》われるよね)

ふいに、それまでずっとだまってわたしたちの話《はなし》を聞《き》いていた辻本《つじもと》さんが、わたしの顔《かお》をのぞきこんだ。

「ちがってたら、ごめんね。若葉《わかば》ちゃん、もしかして諒太《りょうた》くんとケンカしちゃったの？」

その言葉《ことば》に、はじかれたように顔《かお》をあげる。

「どうして？」

「なんとなく、そうかなと思《おも》って……」

辻本《つじもと》さんが長《なが》いまつ毛《げ》にふちどられた大《おお》きな瞳《ひとみ》で、じっとわたしを見《み》つめる。

その顔《かお》を見《み》ていたら、するっとのどから言葉《ことば》がでた。

「……実《じつ》は、そうなんだ」

それから、わたしは堰《せき》をきったように今《いま》までのことを話《はな》した。

おかあさんが入院《にゅういん》したとき、諒太《りょうた》から電話《でんわ》やメッセージがしつこいくらいに来《き》たこと。

広瀬《ひろせ》から聞《き》いた話《はなし》のこと。

ついキツイことを言《い》ってしまって、諒太《りょうた》をおこらせてしまったこと。

電話《でんわ》をしても、メッセージをしても、諒太《りょうた》から返信《へんしん》がないこと。

塾《じゅく》で声《こえ》をかけたのに、無視《むし》されたこと……。

みんなは、だまって最後《さいご》まで話《はなし》を聞《き》いてくれた。

「……やっぱり、まいまいの言《い》うとおりだったね。諒太《りょうた》のこと、ずっとほったらかしにしてたから、愛想《あいそう》つかしちゃったんだよ、きっと」

「そんなあ」

まいまいと夏月《なつき》はどう答《こた》えていいかわからない様子《ようす》で、だまりこんでしまった。

すると、辻本《つじもと》さんがとつぜん、声《こえ》をあげた。

「そんな風《ふう》に決《き》めつけちゃだめだよ！」

おどろいて辻本《つじもと》さんを見《み》る。

「ちゃんと諒太《りょうた》くんに聞《き》いてみなきゃ、なにが本当《ほんとう》かはわからないんじゃないかな」

いつも小声《こごえ》で控《ひか》えめに話《はな》す辻本《つじもと》さんにはめずらしく、きっぱりした口調《くちょう》だ。

「たしかに、莉緒《りお》の言《い》うとおりだね」

夏月《なつき》の言葉《ことば》に、まいまいもうなずく。

「なるたん、もう一度《いちど》諒太《りょうた》に聞《き》いてみたら？　諒太《りょうた》の本当《ほんとう》の気持《きも》ち」

まいまいにそう言《い》われたけれど、わたしは首《くび》を横《よこ》にふった。

「だって、電話《でんわ》かけても、メッセージしても、返事《へんじ》がないし。挙《あ》げ句《く》の果《は》てに、無視《むし》されちゃうしさ」

「かんたんじゃん。直接《ちょくせつ》家《いえ》に行《い》けばいいんだよ」

まいまいに言《い》われ、わたしはぽかんと口《くち》をあけた。

「え？　諒太《りょうた》んちに？　わたしが？」

まいまいが、自信満々《じしんまんまん》にうなずく。

「で、でも、わたし、諒太《りょうた》んちどこにあるか知《し》らないし」

しどろもどろでそう答《こた》えると、三人《にん》はまじまじとわたしを見《み》つめた。

「えーっ、信《しん》じらんない、彼氏《かれし》んちなのに？」

（うっ）

思《おも》わず言葉《ことば》につまる。

それ、ぜったい言《い》われるだろうなって思《おも》った……！

「……だって、いつも塾《じゅく》で会《あ》えるし、わたしの家《いえ》のほうが塾《じゅく》にも駅《えき》にも近《ちか》いから、諒太《りょうた》の

家《いえ》に行《い》く用事《ようじ》もなかったし」

口《くち》のなかでもごもご言《い》い訳《わけ》すると、まいまいがあきれたように肩《かた》をすくめた。

「っていうかさ〜、彼氏《かれし》であろうとなかろうと、諒太《りょうた》んちって、超有名《ちょうゆうめい》じゃん。つつじ台《だい》小学区《しょうがっく》……。ううん、このあたりで一番《ばん》の豪邸《ごうてい》なんだしさ」

たしかに、小学校時代《しょうがっこうじだい》、諒太《りょうた》の家《いえ》はすごいお金持《かねも》ちだってうわさを聞《き》いたことがある。

だけど、よその家《いえ》のことなんて興味《きょうみ》なかったし、諒太《りょうた》の家《いえ》があるあたりは学区《がっく》のなかでも一番《いちばん》はしの地域《ちいき》だからわざわざ行《い》くこともなかった。

今《いま》まで気《き》にもとめていなかったけど、きっと世《よ》の中《なか》の女《おんな》の子《こ》たちは、好《す》きな人《ひと》の家《いえ》がどこにあるかなんてこと、ちゃんと知《し》っているんだろうな。

われながら、恋《こい》する乙女度《おとめど》の低《ひく》さに情《なさ》けなくなる。

しょんぼりしていたら、まいまいが自分《じぶん》の席《せき》にもどり、プリントとシャーペンを手《て》にもどってきた。

「中嶋総合病院《なかじまそうごうびょういん》はさすがにわかるでしょ？　つつじ台山手《だいやまて》にある。そのすぐ裏《うら》にあるよ。心配《しんぱい》しなくても、いやでもわかるから」

言《い》いながら、さらさらとプリントの裏《うら》になにか書《か》きとめ、手《て》わたしてくれた。そこにはわたしの家《いえ》からのかんたんな道順《みちじゅん》が書《か》いてあった。

いくらわたしでも、中嶋総合病院《なかじまそうごうびょういん》がどこにあるか、もちろん知《し》っている。

ちなみに諒太《りょうた》んちの病院《びょういん》にも産婦人科《さんふじんか》はあるんだけど、あまりに人気《にんき》で予約《よやく》が取《と》れなくて、おかあさんは別《べつ》の産婦人科《さんふじんか》でモトムを産《う》んだのだ。

「いきなり行《い》って、諒太《りょうた》、わたしと会《あ》ってくれるかな」

不安《ふあん》になってそう言《い》うと、ばしんと背中《せなか》をたたかれた。

「平気《へいき》だよ！　諒太《りょうた》はなるたんのこと、だーい好《す》きなんだから」

まいまいがニカッと笑《わら》う。

「……あのさ、おこらないで聞《き》いてね？」

とつぜん、夏月《なつき》がおずおずと手《て》をあげた。

「なるたん、諒太《りょうた》くんとケンカになったとき、もしかしたらおこってる顔《かお》で問《と》いつめちゃったんじゃない？」

「えっ、おこってる顔《かお》？　そんなのしてないけど」

「ほーら、今《いま》の顔《かお》！」

今度《こんど》はまいまいがそう言《い》って、わたしを指《ゆび》さす。

「その顔《かお》だよ。なるたんの顔《かお》、完全《かんぜん》におこってる。やっぱその調子《ちょうし》で問《と》いつめたんじゃない？　そりゃあ、諒太《りょうた》もなんにも言《い》えなくなるよ」

（え〜？　そんなつもり、ないのになあ）

口《くち》のなかでぶつぶつつぶやく。

「なるたん、美人《びじん》だからさ、フツーにしてるだけでもおこってるように見《み》えちゃうんだよ。だから、意識《いしき》してやわらかい表情《ひょうじょう》を作《つく》るようにしてさ」

夏月《なつき》がそう言《い》いながら、自分《じぶん》の顔《かお》を手《て》でふにゃあっと押《お》しさげた。

「そうだよ。問《と》いつめるんじゃなくて、気持《きも》ちを引《ひ》きだしてあげるの。途中《とちゅう》で口《くち》をはさみたくなっても、ぐっとこらえるんだよ！」

まいまいのアドバイスに、すかさず夏月《なつき》がつっこんだ。

「っていうか、それ、まいまいもね。いっつも小坂《こさか》くんにぐいぐいいきすぎてドン引《び》きされてるでしょ」

「ちょっとお！　だれがドン引《び》きされてるって？　そんなことないっつーの」

いつの間《ま》にか、ふたりがぎゃあぎゃあ言《い》い合《あ》いを始《はじ》めた。

その様子《ようす》をあきれて見《み》ていたら、辻本《つじもと》さんと目《め》が合《あ》った。

「うまくいくといいね」

そう言《い》って、ふっとほほえむ。

わたしもほほえんでうなずいた。

「うん、ありがとう。がんばってみる。みんなのアドバイスをいかして、ちゃんと諒太《りょうた》の話《はなし》、聞《き》くようにするよ」

うまくいくかどうかなんてわからない。

だけど、みんなに話《はなし》を聞《き》いてもらっただけで、ずいぶん気持《きも》ちが軽《かる》くなった。

（よ〜し、勇気《ゆうき》だして、今日《きょう》諒太《りょうた》の家《いえ》に行《い》ってみよう！）

そのとき、ちょうどいいタイミングでホームルームが始《はじ》まるチャイムがなった。

11

涼《りょう》太《た》の家《いえ》へ！

「ふわあ〜、ホントに大《おお》きいや」

わたしは目《め》の前《まえ》の建物《たてもの》を見上《みあ》げて、思《おも》わずつぶやいた。

本当《ほんとう》にわかるのかなと思《おも》って来《き》たけど、まいまいの言《い》うとおり、すぐにこの家《いえ》だとわかった。『お屋敷《やしき》』って言葉《ことば》がぴったりな豪邸《ごうてい》だ。

あたりは真《ま》っ白《しろ》な塀《へい》に囲《かこ》まれていてなかはよくわからないけど、塀《へい》の上《うえ》から見《み》えている建物《たてもの》はマンションなのかと思《おも》うくらい大《おお》きい。

部活後《ぶかつご》、一度《いちど》家《いえ》に帰《かえ》って軽《かる》くごはんを食《た》べてから、おかあさんに友《とも》だちの家《いえ》に行《い》って話《はなし》をしてくると伝《つた》えてでてきた。

こんな時間《じかん》に家《いえ》をでるなんてなにか言《い》われるかと思《おも》ったけど、おかあさんはこころよく送《おく》りだしてくれた。

ついでに田舎《いなか》のおばあちゃんから送《おく》られてきたりんごをレジ袋《ぶくろ》に入《い》れて持《も》たされたんだけど、この豪邸《ごうてい》を見《み》るとものすごく場《ば》ちがいな気《き》がする。

(……ま、いいか。そんなこと、気《き》にする必要《ひつよう》ないよね)

ジャンパーの袖《そで》をまくって腕時計《うでどけい》を見《み》る。

夜《よる》の七時半《じはん》。

初《はじ》めて彼氏《かれし》の家《いえ》を訪《おとず》れるにはかなり遅《おそ》い時間《じかん》だけど、諒太《りょうた》が学校《がっこう》から帰《かえ》ってくる時間《じかん》が遅《おそ》いんだから、しかたない。

(で、どこから入《はい》ればいいいんだろ?)

わたしはきょろきょろとあたりを見《み》まわした。

門《もん》の横《よこ》にはぴったりと閉《と》ざされたガレージが続《つづ》いている。

その横《よこ》には、レンガ造《づく》りのどっしりとした門《もん》があるけれど、ここはきっとふだん使《つか》っていない門《もん》だろう。

塀《へい》にそってしばらく奥《おく》へと歩《ある》いていくと、途中《とちゅう》、塀《へい》が途切《とぎ》れて少《すこ》しくぼんだところがあった。そこに、木製《もくせい》のドアがある。その横《よこ》にインターホンもついていた。

（あ！　きっとこれだ）

いざ呼《よ》びだしボタンを押《お》そうとしたら、急《きゅう》にどきどきしてきた。

いきなり諒太《りょうた》のおかあさんがでてきたら、なんて挨拶《あいさつ》すればいいだろう？

こんな時間《じかん》に押《お》しかけてきて非常識《ひじょうしき》だなんて思《おも》われないかな。

ドアの前《まえ》で迷《まよ》っていたら、わたしのうしろでタイヤがきしむ音《おと》がした。ふりかえると同《どう》時《じ》に、真《ま》っ赤《か》なボディのスポーツカーがわたしの目《め》の前《まえ》で停《と》まった。

運転席側《うんてんせきがわ》の窓《まど》が音《おと》もなく開《ひら》き、なかから女優《じょゆう》さんみたいにきれいな女《おんな》の人《ひと》が顔《かお》をだした。

「うちに、なにか御用《ごよう》？」

「えっ！」

その場《ば》で飛《と》びあがりそうになった。わたしの顔《かお》を射《い》るようにじっと見《み》る女《おんな》の人《ひと》を、外灯《がいとう》の明《あ》かりの下《した》でまじまじと見《み》つめる。

きりりとしたまゆに、真《ま》っ赤《か》な口紅《くちべに》。

つややかな茶色《ちゃいろ》の巻《ま》き髪《がみ》。

ものすごい美人《びじん》だけど、黒目《くろめ》がちな大《おお》きな瞳《ひとみ》が、どことなく諒太《りょうた》に似《に》ている。

（も、もしかして、これがうわさの諒太《りょうた》のおかあさん？）

ふわ〜、どうしよう？

心《こころ》の準備《じゅんび》ができてないよ！

そう思《おも》ったけど、いまさら引《ひ》きかえすことなんてできない。わたしはやけくそ気味《ぎみ》に声《こえ》をはりあげた。

「あ、あの、わたし、鳴尾《なるお》と言《い》います。諒太《りょうた》くん、もう帰《かえ》っていますか？」

女の人《おんなのひと》は、上《うえ》から下《した》までわたしのことを見《み》ると、

「どういった御用件《ごようけん》かしら？」

首《くび》をかしげてたずねた。

茶色《ちゃいろ》い巻《ま》き髪《がみ》が、肩《かた》のあたりで揺《ゆ》れる。

「え……？　ええっと」

わたしは頭《あたま》のなかが真《ま》っ白《しろ》になって、なにも考《かんが》えないまま、つい言《い》ってしまった。

「あ、あの！　諒太《りょうた》くんに競泳《きょうえい》をさせてあげてください！」

言《い》ってしまったあとで、胸《むね》の奥《おく》がひやっとする。

（し、しまった！　いきなり変《へん》なこと言《い》っちゃった……！）

諒太《りょうた》のおかあさんは大《おお》きな瞳《ひとみ》でじいっとわたしを見《み》つめてからそっけない口調《くちょう》で言《い》った。

「とりあえず、なかに入《はい》ってくれる？　そこ、あけるから」

ウィーン
とたんに、わたしの目《め》の前《まえ》でガレージのシャッターが開《ひら》きはじめた。

諒太《りょうた》のおかあさんが乗《の》った真《ま》っ赤《か》なスポーツカーは、なめらかな動《うご》きでそのなかへとすいこまれていく。

（す、すごい。なんか映画《えいが》のセットみたい）

あっけにとられて見《み》ていたら、わたしの背後《はいご》で、カチンと鍵《かぎ》があく音《おと》がした。どうやら、勝手口《かってぐち》の扉《とびら》があいたようだ。

おそるおそるドアのむこうに足《あし》を踏《ふ》み入《い》れ、思《おも》わずため息《いき》がでる。

「……ふわあ」

あたりはまるで絵本《えほん》で見《み》たような見事《みごと》なイングリッシュガーデンがひろがっていた。

レンガが敷《し》きつめられたアプローチをすすむと、庭《にわ》のあちこちに配置《はいち》されたライトの光《ひかり》で照《て》らしだされた真《ま》っ白《しろ》な壁《かべ》の家《いえ》がある。

だけど、諒太《りょうた》のおかあさんの姿《すがた》はない。

どこへ行《い》ったんだろうとあたりをきょろきょろ見《み》まわしていたら、
カチャン
目《め》の前《まえ》のドアが内側《うちがわ》から開《ひら》いた。

「どうぞ、入《はい》って」

ドアノブを手《て》に諒太《りょうた》のおかあさんが、わたしを招《まね》き入《い》れる。

(ひ、ひいいいい。さっきあんなこと言《い》っちゃったし、気《き》まずいよ。おこられたらどうしよう)

思《おも》わず足《あし》がすくみそうになったけど、わたしは覚悟《かくご》を決《き》めて、うなずいた。

「お、おじゃまします」

玄関《げんかん》に入《はい》り、素早《すばや》くあたりを見《み》まわす。

(……ここだけで、うちのリビングよりひろい)

目《め》だけできょろきょろあたりを見《み》ていたら、諒太《りょうた》のおかあさんが玄関《げんかん》マットの上《うえ》に紺色《こんいろ》のスリッパをそろえて置《お》いてくれた。

履《は》き古《ふる》したスニーカーを脱《ぬ》いで玄関《げんかん》のはしに寄《よ》せ、おそるおそるスリッパに足《あし》を入《い》れてみる。ふかふかで、いかにも上等《じょうとう》そうだ。

「こっちよ」

そう言《い》って、おかあさんはたくさんの荷物《にもつ》といかにも高級《こうきゅう》そうな革《かわ》のバッグを持《も》って、廊下《ろうか》の先《さき》にあるドアを開《ひら》いた。

想像以上《そうぞういじょう》に広《ひろ》いリビングの真《ま》ん中《なか》に、大《おお》きなソファが置《お》いてある。

「そこに座《すわ》って」

命令《めいれい》するように言《い》うと、諒太《りょうた》のおかあさんは荷物《にもつ》を持《も》ったまま奥《おく》にあるドアのむこうに行《い》ってしまった。

（ど、どうなっちゃうんだろう）

12 おかあさんの想《おも》い

レジ袋《ぶくろ》を手《て》に持《も》ったまま、ふかふかのソファに腰《こし》をしずめて、目《め》だけで部屋《へや》を見《み》まわした。部屋《へや》のすみには童話《どうわ》にでてくるようなレンガ造《づく》りの暖炉《だんろ》があって、正面《しょうめん》にあるテレビの画面《がめん》は、スクリーンみたいに大《おお》きい。

(諒太《りょうた》んちって、本当《ほんとう》にお金持《かねも》ちなんだなあ)

しみじみそう思《おも》っていたら、奥《おく》のドアが開《ひら》いて髪《かみ》をうしろにむすんだおかあさんがでてきた。

さっき着《き》ていた服《ふく》を着《き》がえたようだ。おしゃれな感《かん》じの薄手《うすで》のセーターに、スリムなパンツ。細《ほそ》くてスタイルもいい。

すると、諒太《りょうた》のおかあさんはつかつかとわたしのそばに近寄《ちかよ》ってきた。

(な、なにか言《い》われる……!)

思《おも》わず身《み》がまえると、

「飲《の》みもの、なにがいい？」

そう言《い》って、顔《かお》いっぱいでにこーっとほほえんだ。

「……えっ？」

きょとんとしている間《あいだ》にも、諒《りょう》太《た》のおかあさんはてきぱきと食器《しょっき》棚《だな》や冷蔵庫《れいぞうこ》をあけたりしめたりして動《うご》きまわる。

「ちょうどいただきもののおいしいお菓子《かし》もあるの。そうそう、このお菓子《かし》にはカプチーノが合《あ》うよ。コーヒー飲《の》める？　ミルク多《おお》めにしとくし大丈夫《だいじょうぶ》よね？」

わたしが返事《へんじ》をする間《ま》もなく、ぴかぴかのエスプレッソマシンを操作《そうさ》しはじめた。とたんに部屋中《へやじゅう》が香《こう》ばしいコーヒーの香《かお》りに満《み》たされていく。

「はーい、お待《ま》たせ〜」

諒《りょう》太《た》のおかあさんが、テーブルの上《うえ》におそろいのお皿《さら》とカップアンドソーサーを置《お》く。

淡《あわ》いブルーのお皿《さら》の上《うえ》には、マドレーヌとクッキーがかわいく盛《も》りつけられていた。

「ここのマドレーヌ、オレンジピールが入《はい》っていてすっごくおいしいの。遠慮《えんりょ》なく食《た》べて。

今日《きょう》は会議《かいぎ》が長引《ながび》いちゃって、お昼《ひる》ごはん、食《た》べそこねたからおなかぺこぺこなの」

諒太《りょうた》のおかあさんはそう言《い》うと、ぱくっとマドレーヌをほおばった。

「やっぱりおいしい〜♪」

口《くち》をもぐもぐさせてうっとりしている。

わたしは目《め》の前《まえ》でしあわせそうにマドレーヌを食《た》べている諒太《りょうた》のおかあさんを見《み》た。

広瀬《ひろせ》やまいまいから聞《き》いていた話《はなし》と、あまりにもちがいすぎる！

「あれっ、食《た》べないの？　やっぱり、コーヒー苦手《にがて》だった？」

諒太《りょうた》のおかあさんが、手《て》をとめて首《くび》をかしげる。

「……えっ？　あ、いただきます」

わたしはあわててカプチーノに口《くち》をつけた。

たっぷり泡立《あわだ》てられたスチームミルクと、コーヒーのほろ苦《にが》さが絶妙《ぜつみょう》だ。こんなにおしゃれでおいしい飲《の》みもの、今《いま》まで飲《の》んだことがない。

「すっごくおいしいです」

思《おも》わずそう言《い》うと、

「でっしょ～??」

どうだと言《い》わんばかりに胸《むね》をはった。

その顔《かお》が、とっても誇《ほこ》らしげで思《おも》わず笑《わら》いそうになる。

すると、ふいにおかあさんが顔《かお》をあげた。

「で？　えーっと、なんのお話《はなし》だったかしら。あ、ごめんなさい。あなたの名前《なまえ》、忘《わす》れちゃった。悪《わる》いけど、もう一度《いちど》教《おし》えてくれる？」

急《きゅう》に話《はなし》をふられて、あわてて姿勢《しせい》を正《ただ》す。

「す、すみません。遅《おそ》い時間《じかん》にお邪魔《じゃま》して。わたし、つつじ台中学《だいちゅうがく》一年《ねん》の鳴尾若葉《なるおわかば》です。諒太《りょうた》くんとは小学校《しょうがっこう》が同《おな》じでした。今《いま》は啓輝塾《けいきじゅく》でごいっしょさせてもらっています」

そういって頭《あたま》をさげる。そこで、ソファに置《お》いていたレジ袋《ぶくろ》に気《き》がついた。

（こんなのわたして迷惑《めいわく》かなあ……）

そう思《おも》ったけど、おずおず差《さ》しだす。

「あのう、これ、つまらないものですが、ご家族《かぞく》で召《め》しあがってください」

ぼそぼそとそう言《い》うと、諒太《りょうた》のおかあさんはレジ袋《ぶくろ》のなかを見《み》てぱっと笑顔《えがお》になった。

「わっ、りんご！　わたし大好《だいす》きなの。遠慮《えんりょ》なくいただくわね。ありがとう～」

（ホッ、よかった）

「そっかあ、あなたが若葉《わかば》ちゃんかあ～」

諒太《りょうた》のおかあさんはあらためてそう言《い》うと、まじまじとわたしの顔《かお》を見《み》つめた。

「なるほどねえ。諒太《りょうた》ってば、面食《めんく》いだねえ」

そう言《い》ってくすくす笑《わら》う。

（メンクイ……？　ってなんだろ？）

そう思《おも》っていたら、おかあさんが話《はな》を始《はじ》めた。

「わたし仕事《しごと》が忙《いそが》しくて、あの子《こ》が小学校《しょうがっこう》のころ、あまり学校《がっこう》の行事《ぎょうじ》に行《い》けなかったのね。だけど、学校《がっこう》での様子《ようす》を聞《き》いたら、いつもあの子《こ》の話《はなし》にでてきてたのが、『鳴尾若葉《なるおわかば》ちゃん』だったのよ。わっかりやすい子《こ》だよねえ」

「……はあ」

どう答《こた》えていいかわからず、あいまいにうなずく。

「その若葉《わかば》ちゃんが、『諒太《りょうた》に競泳《きょうえい》をやらせてください』ってわたしに訴《うった》えに来《き》たってことは、若葉《わかば》ちゃんは諒太《りょうた》の彼女《かのじょ》って思《おも》っていいのかしら？」

念押《ねんお》しされるようにたずねられ、わたしは覚悟《かくご》を決《き》めてうなずいた。

「はい、そうです」

諒太《りょうた》のおかあさんはローズピンクに染《そ》まったくちびるをカップにつけてカプチーノを一《ひと》口含《くちふく》むと、あらためてわたしの顔《かお》をじっと見《み》つめた。

「そっか。あの子《こ》、なんにも言《い》わないから。……で、諒太《りょうた》はあなたに競泳《きょうえい》を続《つづ》けたいって言《い》ってるわけ？」

諒太《りょうた》のおかあさんの表情《ひょうじょう》が、さっきまでと変《か》わった。

緊張《きんちょう》して、思《おも》わず背筋《せすじ》を伸《の》ばす。

「……いえ。直接《ちょくせつ》そう言《い》われたわけじゃないです。『そんなこと、思《おも》ってない』って。でも、わたしには諒太《りょうた》くんが強《つよ》がっているような気《き》がして。勝手《かって》にそうなんじゃないかって思《おも》ってるだけなんですけど」

思《おも》ったことを正直《しょうじき》に伝《つた》えると、おかあさんは手《て》に持《も》っていたカップを静《しず》かに置《お》いたかと思《おも》うと、チッと舌打《したう》ちした。

「あいつ、ま〜だそんなこと言《い》ってるんだ。素直《すなお》に『やりたい』って言《い》えばいいのに、ホントわが子《こ》ながらイラつくわ」

その言葉《ことば》に、一瞬《いっしゅん》思考《しこう》が停止《ていし》する。

「……え？　あの、おかあさんは競泳《きょうえい》すること、反対《はんたい》してるんじゃないんですか？」

わたしがたずねると、諒太《りょうた》のおかあさんはおおげさに両手《りょうて》をあげてみせた。

「あのねえ、わたし、そんなこと、ひとっことも言《い》ってないから！」

「え〜っ？」

おどろいて思《おも》わず大《おお》きな声《こえ》をだす。

「言《い》っとくけど、聡明《そうめい》に行《い》くって言《い》いだしたのも、競泳《きょうえい》を辞《や》めるって言《い》いだしたのも、どっちも諒太《りょうた》だよ。わたしはそうしろなんて言《い》ったこともないし、むしろ自分《じぶん》のやりたいことをやりなさいってずっと言《い》いつづけてきたのに」

おかあさんはそう言《い》うと、魂《たましい》がぬけでそうなくらいの勢《いきお》いで、はーっと大《おお》きな息《いき》をはいた。

「でも、そうしなきゃって勝手《かって》に思《おも》いこむくらいあの子《こ》を追《お》いつめたのはわたしかもしれ

ないけどなあ」

それから、おかあさんはぽつりぽつりと話《はな》しはじめた。

「あのね。わたし、結婚前《けっこんまえ》からセレクトショップを経営《けいえい》していて、病院《びょういん》の仕事《しごと》を手伝《てつだ》っていないの。それでまあ、いろいろ言《い》われちゃうわけ、まわりの人《ひと》たちから。嫁《よめ》としてどうなんだって」

(……あ、それ、まいまいたちから聞《き》いた話《はなし》といっしょだ)

でも、聞《き》けば聞《き》くほどおかしな話《はなし》だ。

どうしてお医者《いしゃ》さんと結婚《けっこん》したら、それまでの仕事《しごと》を辞《や》めて、病院《びょういん》の仕事《しごと》を手伝《てつだ》わなきゃいけないいんだろう?

諒太《りょうた》のおかあさんだって結婚《けっこん》する前《まえ》から仕事《しごと》をしていたのなら、それを続《つづ》けたいって思《おも》うのはあたりまえのことなのに。

「でもさ、正直《しょうじき》言《い》ってわたし、そんなに気《き》にしてなかったんだ。まわりになにを言《い》われても。夫《おっと》も……、あ、諒太《りょうた》の父親《ちちおや》ね。夫《おっと》もわたしには結婚後《けっこんご》も好《す》きなことをしてほしいって言《い》ってくれてたし。でも」

そう言《い》って、おかあさんはふっと小《ちい》さく笑《わら》った。

「病院《びょういん》と家《いえ》が近《ちか》いから、大人《おとな》のよけいなおしゃべりが、いやでも諒太《りょうた》の耳《みみ》に入《はい》ってしまうのよね。それで、自分《じぶん》がいい学校《がっこう》に行《い》けば、わたしのことを悪《わる》く言《い》う人《ひと》たちをだまらせることができると思《おも》ったみたい。六年生《ねんせい》になったとたん、急《きゅう》に聰明《そうめい》に行《い》くって言《い》いだしたの。おじいちゃんの法事《ほうじ》が終《お》わってすぐくらいだったから、きっと親戚《しんせき》になにか言《い》われたのかもね。諒太《りょうた》の父親《ちちおや》も聰明出身《そうめいしゅっしん》だから」

（えーっ、そうだったんだ）

たしかに、諒太《りょうた》が聰明《そうめい》に行《い》くって言《い》いだしたのは、六年生《ねんせい》になってからだった。

それまで、身近《みぢか》で私立中学《しりつちゅうがく》を受験《じゅけん》する子《こ》の話《はなし》なんて聞《き》いたことがなかったから、びっくりしたのを覚《おぼ》えている。

それも、天下《てんか》の聰明《そうめい》だ。

小学校時代《しょうがっこうじだい》の諒太《りょうた》は、クラスのなかでも成績《せいせき》がよかったけれど、まさか聰明《そうめい》に行《い》くほどとは思《おも》っていなかったし、そもそも聰明《そうめい》はものすごく遠《とお》いのに、どうしてなんだろうねってみんなもうわさしていたっけ。

「諒《りょう》太《た》は受験《じゅけん》をきっかけに、それまで続《つづ》けていた競泳《きょうえい》も辞《や》めちゃったの。あの子《こ》、毎日《まいにち》本当《ほんとう》にがんばっていたのよ。ほら、見《み》て」

そこでおかあさんは、立《た》ちあがり、リビングボードの棚《たな》をあけた。

「うわあ、すごい……！」

そこには、たくさんのトロフィーや盾《たて》がならんでいた。筒《つつ》に入《はい》った賞状《しょうじょう》もある。

「これ、ぜんぶ、諒《りょう》太《た》が入賞《にゅうしょう》した記念《きねん》にもらったものなの。すごいでしょ？　でもね、競《きょう》泳《えい》を辞《や》めてから、ぜんぶ捨《す》ててくれって言《い》いだしてさ。ホントはリビングの一番《いちばん》目《め》立《だ》つところに飾《かざ》ってたんだけど、しかたなく、ここに入《い》れてるの」

おかあさんは、残念《ざんねん》そうに言《い》うと、また棚《たな》の扉《とびら》を閉《し》めた。

「だからね、わたし、諒《りょう》太《た》に言《い》ったのよ。『人《ひと》のうわさ話《ばなし》なんかのために、自分《じぶん》の好《す》きなことを辞《や》めなくていい』って。でも、あの子《こ》、頑《がん》としてみとめないの。『かあさんのためなんかじゃない。競泳《きょうえい》に飽《あ》きただけだ』って言《い》いはるんだ。そんなわけ、ないのにね。でも、そうすれば、うるさいまわりの声《こえ》からわたしを守《まも》れるって思《おも》ったんだろうな。そんなことしてくれなくてもわたしは、うわさなんかに負《ま》けたりしないのに」

おかあさんはつぶやくように言《い》ったあと、くしゅんと鼻《はな》をならした。

「あ、ごめんね。なんかうちのこと、ぐだぐだ若葉《わかば》ちゃんにグチったりして。で、さっきの話《はなし》なんだけど、あの子《こ》、わたしがいくら言《い》っても『競泳《きょうえい》なんて、興味《きょうみ》ない』ってぜったいにみとめないのよ。そのくせ、未練《みれん》たらたらなのよねえ」

おかあさんは、ソファの横《よこ》にあるマガジンラックから新聞《しんぶん》を取《と》りだした。

「あの子《こ》がスクールに通《かよ》っていたころライバルだった子《こ》が、いろんな大会《たいかい》で優勝《ゆうしょう》したり入賞《にゅうしょう》したりするたびに、こっそりきりぬいてるんだよ。ホントは気《き》になってしょうがないんだろうねえ」

そう言《い》って、ふふっと笑《わら》う。

「そんなに、気《き》になるなら、意地《いじ》はって塾《じゅく》なんかに行《い》かないで、競泳《きょうえい》を続《つづ》ければいいのにねえ」

その言葉《ことば》に、はっと気《き》がつく。

（そうだ。競泳《きょうえい》を再開《さいかい》したらわたしと諒太《りょうた》、もう今《いま》までみたいに会《あ》えなくなっちゃうんだなあ……）

胸《むね》が、ずきんとした。

（……でも）

諒《りょう》太《た》は今《いま》でもふとした瞬間《しゅんかん》に、競泳《きょうえい》のことを思《おも》いだしているはずだ。

やりたくて、でもできないって、本当《ほんとう》につらい。わたしも部活《ぶかつ》を休《やす》んでいる間《あいだ》そうだったから、その気持《きも》ちは、痛《いた》いくらいわかる。

実《じっ》は今日《きょう》、あずみが部活《ぶかつ》に復帰《ふっき》してきた。

思《おも》ったとおり、みんなから無視《むし》されていたけれど、あずみは知《し》らん顔《かお》で一生懸命《いっしょうけんめい》、練習《れんしゅう》をしていた。

わざわざつらい思《おも》いをするってわかっているのにもどってきたのは、きっとあずみもバレーボールが好《す》きだから。

好《す》きなことを貫《つらぬ》くって、実《じつ》は楽《たの》しいことばかりじゃない。

それでも諒《りょう》太《た》にも、あずみのように勇気《ゆうき》をだしてほしい。

「諒《りょう》太《た》も意固地《いこじ》になるだろうから、いつか自分《じぶん》で言《い》いだす日《ひ》まで見守《みまも》ろうって夫《おっと》とは話《はなし》をしているの。でも、あんまり煮《に》えきらないものだから、ついイライラしちゃうのよね」

すると、おかあさんは急《きゅう》にがばっとわたしの手《て》を取《と》った。

「ねえ、若葉《わかば》ちゃん！」

「……は、はい？」

鼻《はな》と鼻《はな》がくっつきそうなくらい顔《かお》を近《ちか》づけられて、思《おも》わず体《からだ》を引《ひ》く。

「お願《ねが》い、あの子《こ》をけしかけてやって！　競泳《きょうえい》にもどるようにって」

「は、はあ……」

わたしはたじたじになりながらもうなずいた。

そんなこと言《い》われても、わたしにそんな大役《たいやく》、できるのかな。

諒太《りょうた》にさけられてるのに。

そこで、ふいに諒太《りょうた》の顔《かお》を思《おも》いだした。

いつもわたしの前《まえ》でにこにこ笑《わら》っていた諒太《りょうた》。

諒太《りょうた》の、本当《ほんとう》の気持《きも》ちを知《し》りたい。

競泳《きょうえい》を続《つづ》けたいのか。

わたしのことを、今《いま》、どう思《おも》っているのかもぜんぶ。

それがどんなものでも、受《う》け入《い》れてあげたい。
だって、わたしは諒太《りょうた》のことが……。
すると、
カチャン
リビングのドアがあく音《おと》がした。
ふりかえると、そこにはおどろいた顔《かお》で立《た》ちつくす諒太《りょうた》の姿《すがた》があった。

13 夜空《よぞら》の下《した》で

「鳴尾《なるお》……？　なんでここにいるの？」

信《しん》じられないという表情《ひょうじょう》で、リビングに入《はい》ってくる。

そりゃあそうだろう。

わたしだってこんなことになって、びっくりしてるんだから！

「諒太《りょうた》……」

とっさに諒太《りょうた》のおかあさんの顔《かお》を見《み》る。

おかあさんは、くちびるをきゅっとかみしめて、うなずいた。

（……よし！）

わたしはソファから立《た》ちあがり、つかつかと諒太《りょうた》のもとへとつめ寄《よ》った。

「なんでって、決《き》まってるでしょ。諒太《りょうた》が心配《しんぱい》だからだよ」

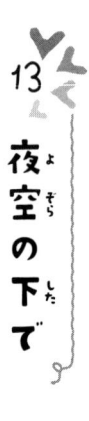

つい、いつもの調子《ちょうし》でまくしたて、あわてて声《こえ》を落《お》とす。

(し、しまった。問《と》いつめちゃ、だめなんだった。諒太《りょうた》の気持《きも》ちを聞《き》きださなきゃ)

わたしはこほんと息《いき》をついて、ゆっくりと諒太《りょうた》に問《と》いかけた。

「諒太《りょうた》、本当《ほんとう》の気持《きも》ちを教《おし》えて。競泳《きょうえい》のこと、どう思《おも》ってるの?」

とたんに諒太《りょうた》が視線《しせん》をそらす。

「だから言《い》っただろ。俺《おれ》、もう競泳《きょうえい》は辞《や》めたんだ。飽《あ》きちゃったし」

「じゃあ、どうして新聞《しんぶん》のきりぬきなんてしてるの? 飽《あ》きたのなら必要《ひつよう》ないじゃん」

そう言《い》って、さっきおかあさんに見《み》せてもらった新聞《しんぶん》の束《たば》を諒太《りょうた》の前《まえ》につきだした。

「それは……」

諒太《りょうた》の顔色《かおいろ》が変《か》わる。

おかあさんはその間《あいだ》、なにも言《い》わずにただじっとわたしと諒太《りょうた》のやりとりを見《み》ている。

「諒太《りょうた》の気持《きも》ち、おかあさんはちゃんとわかってくれてるよ。本当《ほんとう》にやりたいことをやらなきゃ、きっと後悔《こうかい》する。自分《じぶん》の気持《きも》ちをごまかさないで」

「……でも」

諒《りょう》太《た》は迷《まよ》うように目《め》を泳《およ》がせてから、おかあさんを見《み》た。

おかあさんはやっぱりなにも言《い》わずにだまっている。

「あのさ、もしかして、競泳《きょうえい》をしたらわたしと会《あ》えなくなるって思《おも》ってる？　会《あ》えなくなるくらい、なによ。諒《りょう》太《た》、そんないいかげんな気《き》持《も》ちでわたしのこと、好《す》きって言《い》ったわけ？」

「え！　……ちょっと、鳴《なる》尾《お》！　急《きゅう》になに言《い》うの」

諒《りょう》太《た》が真《ま》っ赤《か》な顔《かお》で、あたふたとわたしとおかあさんの顔《かお》を見《み》くらべる。

わたしはかまわず言《い》ってやった。

「わたしはちがう。そんないいかげんな気《き》持《も》ちで諒《りょう》太《た》とつきあいはじめたわけじゃない。ちょっとくらい会《あ》えなくても、好《す》きな気《き》持《も》ちは変《か》わらない。わたし、自《じ》信《しん》ある」

「あ、あの、えっと」

ありえないくらい顔《かお》を真《ま》っ赤《か》にした諒《りょう》太《た》を見《み》て、おかあさんがぷーっと吹《ふ》きだした。

「ほら、諒《りょう》太《た》！　女《おんな》の子《こ》にここまで言《い》わせといていいの？　あんたの本《ほん》気《き》、見《み》せてごらん」

腕《うで》を組《く》んで、はやしたてるように言《い》う。

「お、俺《おれ》……！」

すると、諒太《りょうた》がいきなり肩《かた》にかついだままだったリュックを床《ゆか》に置《お》き、天井《てんじょう》にむかって大《おお》きな声《こえ》をはりあげた。

「競泳《きょうえい》が好《す》きだ。やっぱり続《つづ》けたい！」

そう言《い》って、おかあさんの顔《かお》をじっと見《み》る。

するとおかあさんもソファから立《た》ちあがって、つかつかと諒太《りょうた》の前《まえ》に歩《ある》きだした。そして、腰《こし》に手《て》をあて、諒太《りょうた》をぎろりとにらみつける。

「……だから、なに？」

諒太《りょうた》は一度《ど》きゅっとくちびるをかみしめてから、顔《かお》をあげた。

「でも、勉強《べんきょう》もがんばるから。俺《おれ》、とうさんとかあさんの自慢《じまん》の息子《むすこ》になって、ぜったいまわりのやつらに、ごちゃごちゃ言《い》わせないから。……だから、もう一度《いちど》競泳《きょうえい》をやらせてください！」

そう言《い》って、おかあさんに頭《あたま》をさげた。

すると、おかあさんは一度《ど》ふっと笑《わら》ってから、

「今《いま》でもじゅうぶん自慢《じまん》の息子《むすこ》だよ」

そうつぶやいて、諒太《りょうた》の頭《あたま》をくしゃっとなでた。

「よーし、よく言《い》った！　若葉《わかば》ちゃんにかっこいいとこ見《み》せられるように、がんばんなさいよっ！」

そう言《い》うと、今度《こんど》はぱしんと諒太《りょうた》の頭《あたま》をはたく。

「イッテ！」

諒太《りょうた》が、頭《あたま》を押《お》さえて顔《かお》をあげた。

「あら、大変《たいへん》。もう八時過《じす》ぎちゃってるわ！　諒太《りょうた》、若葉《わかば》ちゃんを大急《おおいそ》ぎで家《いえ》まで送《おく》ってあげなさい。じゃあね、若葉《わかば》ちゃん。おかあさんにりんご、ありがとうって言《い》っておいて。……ほら、諒太《りょうた》、さっさとする！」

おかあさんは、まくしたてるようにそう言《い》うと、わたしたちに背中《せなか》をむけ、しっしっと追《お》いはらうようなしぐさをした。

「なんだよ、もう。せっかくいいこと言《い》ったのにさ」

諒太《りょうた》は照《て》れくさそうな顔《かお》でくちびるをつきだして、わたしをちらっと見《み》た。

目《め》が合《あ》って、ふっと笑《わら》いあう。

(よかったね、諒太《りょうた》)

わたしの心《こころ》のなかにあたたかな気持《きも》ちがひろがっていく。

諒太《りょうた》には、見《み》えていなかったかもしれないな。

だけど、わたしの目《め》にははっきりと映《うつ》った。

背中《せなか》をむけたおかあさんの目《め》に、大粒《おおつぶ》の涙《なみだ》が光《ひか》っていたのを。


諒太《りょうた》の家《いえ》をでて、ゆるい坂道《さかみち》をふたりならんで歩《ある》いた。

まだ八時過《じす》ぎなのに、真夜中《まよなか》に散歩《さんぽ》しているような気持《きも》ちになる。あたりには、通勤帰《つうきんがえ》りの人《ひと》の姿《すがた》もあるのに。

「わあ、今日《きょう》も星《ほし》がきれいだね」

わたしの言葉《ことば》に、諒太《りょうた》も空《そら》を見上《みあ》げる。

ふたりで見上《みあ》げたとたん、星空《ほしぞら》がずんとわたしたちに迫《せま》ってきたように感《かん》じた。

つめたく澄《す》んだ空気《くうき》のなかで、星《ほし》たちがきらめく。もうすっかり冬《ふゆ》の夜《よる》だ。

「鳴尾《なるお》」

諒太《りょうた》の声《こえ》に、足《あし》を止《と》めた。

「この間《あいだ》は、塾《じゅく》で声《こえ》かけてくれたのに、無視《むし》してごめん。またケンカになるのがいやだったんだ」

「……そんな」

その言葉《ことば》を聞《き》いて、心《こころ》の底《そこ》からホッとした。

よかった。

わたし、嫌《きら》われてたわけじゃ、なかったんだ！

「それからさ」

諒太《りょうた》が黒目《くろめ》がちな瞳《ひとみ》で、じっとわたしを見《み》つめる。

「……ありがとう」

ふいに照《て》れくさくなってうつむく。

「べつに、わたしはなんにも……」

そう言《い》いかけたところで、諒太《りょうた》が「ううん」と首《くび》を横《よこ》にふった。

「鳴尾《なるお》が背中《せなか》を押《お》してくれなきゃ、俺《おれ》、ずっとよくよく考《かんが》えてたと思《おも》う。ホント、ありがとう」

「……諒太《りょうた》」

諒太《りょうた》のこと、いつもちゃらちゃらして、ぜんぜんなんにも考《かんが》えてない、なんて思《おも》ってたけど、本当《ほんとう》はそうじゃなかった。

だれよりもまわりのことを考《かんが》えていて、だれよりもやさしい男《おとこ》の子《こ》。

だからわたしは、諒太《りょうた》のことが好《す》きになったんだ。

何度《なんど》も『つきあって』と言《い》われたからじゃなく。

「あのさ、学校《がっこう》もちがうし、塾《じゅく》を辞《や》めたらこれからなかなか会《あ》えなくなるけど、俺《おれ》、鳴尾《なるお》のこと、世界《せかい》で一番大好《いちばんだいす》きだしっ！」

「えっ！　ちょ、ちょっと……！」

わたしはあわててまわりを見《み》た。

近《ちか》くにいるわけじゃないけど、歩道《ほどう》にはほかにも歩《ある》いている人《ひと》がいるのに！

「もう、そんなはずかしいこと、大《おお》きな声《こえ》で言《い》わないでよ。だれかに聞《き》かれちゃうじゃん」

「えー、いいだろ、べつに。だって、本当《ほんとう》のことだし。それに鳴尾《なるお》だって、さっき俺《おれ》のかあさんの前《まえ》で『好《す》き』って言《い》ったじゃん。そっちのほうがすげえし」

諒太《りょうた》がわたしを見《み》てへらっと笑《わら》う。

よかった。すっかり、いつもの諒太《りょうた》だ。

でも、いつもと同《おな》じ笑顔《えがお》なのに、やっぱりどこかがちがう。

わたしが見《み》たかったのは、諒太《りょうた》のこの笑顔《えがお》。

心《こころ》の底《そこ》から笑《わら》ってる、この顔《かお》を見《み》たかったんだ。

わたしはふっと息《いき》をはいてから、諒太《りょうた》をにらみつけた。

「ねえ、それより、どうなったわけ？」

「へっ？　なにが？」

諒太《りょうた》がきょとんとしてわたしの顔《かお》をのぞきこむ。

「なにが、じゃないよ！　……わたしたちのクリスマスのこと！」

わたしの言葉《ことば》に、不安《ふあん》げな表情《ひょうじょう》だった諒太《りょうた》がぱーっと笑顔《えがお》になる。

「うん！　もちろん、ばっちり！　最高《さいこう》のデートコース、考《かんが》えてるよ。だって、俺《おれ》たちにとって、ふたりで過《す》ごす初《はじ》めてのクリスマス、だもんな」

諒太《りょうた》はそう言《い》うと、ふいにわたしの手《て》をつかんだ。

（……えっ）

おどろいて顔《かお》をあげると、諒太《りょうた》がつないだ手《て》をかかげてにたっと笑《わら》った。

「えへへ。手《て》、つないじゃった」

わたしも、諒太《りょうた》を見《み》つめてほほえみかえす。

つめたい指先《ゆびさき》に染《し》みわたるような、あたたかい手《て》。

想像《そうぞう》していたよりもずっと大《おお》きくて、わたしをつつみこんでくれる。

そのぬくもりを逃《に》がさないように、わたしもぎゅっとにぎりかえす。

「まずはさあ、電車《でんしゃ》ですみれが丘《おか》まで行《い》って、プラネタリウムを見《み》ようって思《おも》ってるんだ。

それから、駅前《えきまえ》のカフェでランチ食《た》べて……」

諒太《りょうた》が、うれしそうにデートコースの説明《せつめい》を始《はじ》める。

初《はじ》めての彼氏《かれし》。

初《はじ》めてのデート。

そして初《はじ》めてのクリスマス。

わたしたちはこれからたくさんの初《はじ》めてを重《かさ》ねて、成長《せいちょう》していくんだろう。

学校《がっこう》がちがっても、なかなか会《あ》えなくても、さみしくなんてない。

だって、この手《て》のぬくもりは、わたしだけのものなんだから。

知《し》らない間《あいだ》に雨《あめ》が降《ふ》ったのか、ぬれたアスファルトが街灯《がいとう》の明《あ》かりに照《て》らされている。

まるでわたしたちがこれから歩《ある》いていく未来《みらい》を指《さ》し示《しめ》すかのように、きらきらと輝《かがや》いていた。


（おわり）

あとがき

読者《どくしゃ》のみなさん、こんにちは！　作者《さくしゃ》の宮下恵茉《みやしたえま》です。『キミと、いつか。本当《ほんとう》の〝笑顔《えがお》〟』楽《たの》しんでいただけましたか？

今回《こんかい》のお話《はなし》は、キミいつガールズのクールビューティー・なるたん（鳴尾若葉《なるおわかば》ちゃん）のお話《はなし》です。なるたんは、ちいさな弟《おとうと》たちの面倒《めんどう》を見《み》てあげる心《こころ》やさしきおねえちゃん。実《じつ》はわたしは兄二人《あにふたり》を持《も》つ三人兄妹《にんきょうだい》の末《すえ》っ子《こ》なので、おねえちゃんがどんなものなのか、よくわからないんですよね。なので今回《こんかい》は、こんなおねえちゃんがいたらいいなあという気持《きも》ちをこめて書《か》きました。

読者《どくしゃ》のみなさんのなかには、なるたんと同《おな》じ一番上《いちばんうえ》のおねえちゃんで、妹《いもうと》や弟《おとうと》たちに苦労《くろう》（？）させられているっていう人《ひと》もいるかもしれませんね。わたしはもしかしたら、兄《あに》たちに苦《く》労《ろう》をかけるほうだったかもしれませんが、下《した》の子《こ》には下《した》の子《こ》なりの苦労《くろう》もあるんですよ！

例《たと》えばおさがりを使《つか》わされたり、遊《あそ》びの仲間《なかま》に入《い》れてもらえなかったり。成長《せいちょう》しても、いつまでもこども扱《あつか》いされたのも、ちょっぴり不満《ふまん》でした。

わたしは兄《あに》たちとは年《とし》がはなれていたので、気《き》がつくとふたりとも家《いえ》からでてしまい、今思《いまおも》うと同《おな》じ家《いえ》で過《す》ごせた期間《きかん》は意外《いがい》と短《みじか》かったなと感《かん》じます。それからはひとりっ子《こ》のような生活《せいかつ》でしたが、大人《おとな》になってから兄《あに》たちがいてよかったなと思《おも》う瞬間《しゅんかん》が何度《なんど》もありました。

きっとみなさんも、いつかきょうだいと過《す》ごした時間《じかん》をなつかしく感《かん》じるようになるんじゃないかな。


話《はなし》は変《か》わりますが、「キミいつ」シリーズも、早《はや》いものでもう八巻目《かんめ》！　本《ほん》がでると、毎回本《まいかいほん》当《とう》にたくさんお手紙《てがみ》が届《とど》きます。そしてそのお手紙《てがみ》には、みなさんの恋《こい》の悩《なや》みがびっしり書《か》かれているんです。せっかくだから、このお手紙《てがみ》でなにかできないかなと、編集《へんしゅう》・N《エヌ》さんと考《かんが》えた企《き》画《かく》が、前回《ぜんかい》から募集《ぼしゅう》をはじめた『胸《むね》きゅん恋《こい》バナ大募集《だいぼしゅう》』です。みなさんの恋《こい》のエピソードをお話《はなし》にしちゃうって、すっごくすてきな企画《きかく》だと思《おも》いませんか？

……あ、いただいたお手紙《てがみ》はそのまま使用《しよう》せず、だれのことかわからないように書《か》きますから、そこは安心《あんしん》してくださいね。みなさんからのすてきな恋《こい》バナ、お待《ま》ちしていま〜す！

さて、「キミいつ」シリーズ、次《つぎ》のヒロインは夏月《なつき》ちゃん！　おさななじみの祥吾《しょうご》との関係《かんけい》はいったいどうなっちゃうんでしょう？　クリスマスを前《まえ》に、もしかして……？　それは読《よ》んでのお楽《たの》しみ！

これからも、「キミいつ」シリーズをどうぞよろしくお願《ねが》いいたします！

宮下恵茉《みやしたえま》

集英社みらい文庫

キミと、いつか。

本当《ほんとう》の“笑顔《えがお》”

宮下恵茉《みやしたえま》　作
染川《そめかわ》ゆかり　絵

ファンレターのあて先
〒101-8050　東京都千代田区一ツ橋 2-5-10　集英社みらい文庫編集部
いただいたお便りは編集部から先生におわたしいたします。

2018年7月25日　第1刷発行

発行者　北畠輝幸
発行所　株式会社 集英社
〒101-8050　東京都千代田区一ツ橋 2-5-10
電話　編集部 03-3230-6246
読者係 03-3230-6080
販売部 03-3230-6393（書店専用）
http://miraibunko.jp
装　丁　+++ 野田由美子　中島由佳理
印　刷　凸版印刷株式会社
製　本　凸版印刷株式会社

★この作品はフィクションです。実在の人物・団体・事件などにはいっさい関係ありません。
ISBN978-4-08-321449-3　C8293　N.D.C.913　182P　18cm

『キミと、いつか。』略《りゃく》して、『キミいつ』って呼《よ》んでね
キミいつ次巻予告《じかんよこく》!!
今度《こんど》の主人公《しゅじんこう》は、
夏月《なつき》!! 4巻《かん》にでてくる
2人《ふたり》のおはなしの
つづきだよ★
おさななじみの夏月《なつき》と祥吾《しょうご》が急接近《きゅうせっきん》──!?
9巻目《かんめ》は 2018年《ねん》 発売予定《はつばいよてい》!!
11月《がつ》22日《にち》(木《もく》)
キミと、いつか。
キミと、いつか。
キミと、いつか。
6
ひとりぼっちの“放課後《ほうかご》”
7
“素直《すなお》”に
なれなくて
8
本当《ほんとう》の“笑顔《えがお》”

野球《やきゅう》の試合中《しあいちゅう》にケガを
してしまった祥吾《しょうご》を
元気《げんき》づけようとする夏月《なつき》。
なのに祥吾《しょうご》はなぜだか
不機嫌《ふきげん》。

足立夏月《あだちなつき》

バレー部《ぶ》を辞《や》め、莉緒《りお》と家庭科《かていか》研究会《けんきゅうかい》を立《た》ちあげた。

吉村祥吾《よしむらしょうご》

夏月《なつき》のおさななじみ。ぶっきらぼうだけどじつはやさしい。野球《やきゅう》ひとすじ！

「なによ、祥吾《しょうご》のばかっ！」
だけど祥吾《しょうご》は、
ケガをかばいながら
ひそかにトレーニングに
打《う》ちこんでいた。

そんな祥吾《しょうご》を励《はげ》ましたい――!!
夏月《なつき》は、あるプレゼントを思《おも》いついて……。
クリスマス・イブ、
ふたりの関係《かんけい》がついに動《うご》きだす……!?

1～8巻《かん》も好評発売中《こうひょうはつばいちゅう》!!

1 近《ちか》すぎて言《い》えない“好《す》き”

2 好《す》きなのに、届《とど》かない“気持《きも》ち”

3 だれにも言《い》えない“想《おも》い”

4 おさななじみの“あいつ”

5 すれちがう“こころ”

KIMIITSU TIME LINE

キミいつ♡タイムライン

「今《いま》、こんな恋《こい》しています!」、「こんな恋《こい》でなやんでます」など、みんなの恋《こい》バナ教《おし》えてね。

先生《せんせい》への相談《そうだん》レター

いま学校《がっこう》でLINE《ライン》交換《こうかん》がはやっています。わたしの彼《かれ》は、わたし以外《いがい》の女《おんな》の子《こ》とも交換《こうかん》しているので心配《しんぱい》です。彼《かれ》がちがう女《おんな》の子《こ》のことを好《す》きになったら……。クラスで一番《いちばん》モテるU子《ユーこ》ちゃんとやりとりしているので、気《き》になってしかたありません。

(小《しょう》6・亜胡《あこ》)

宮下恵茉先生《みやしたえませんせい》より

それは心配《しんぱい》だよね。気持《きも》ち、すごくわかります！　亜胡《あこ》ちゃんは彼女《かのじょ》なんだよね。なら、彼《かれ》を信《しん》じて気《き》にしないようにしては？　そして時々《ときどき》「どんなやりとりしてるの？」ってさりげなく聞《き》いてみてもいいかも☆

7巻目《かんめ》の ひとこと感想《かんそう》コーナー

私《わたし》も、あずみちゃんのように、恋《こい》も友情《ゆうじょう》も一歩《いっぽ》ずつ、ちょっとずつ素直《すなお》になってみようかなと思《おも》いました。
（中《ちゅう》1・M.S《エムエス》♥）

五十嵐《いがらし》にキュンキュンさせられました♥
"キミいつ"大好《だいす》きです！
（中《ちゅう》1・ちろるちょこ）

あずみが、夏月《なつき》と仲《なか》なおりできてよかった。
（中《ちゅう》1・アヤ）

お返事《へんじ》がほしい人《ひと》は、
住所《じゅうしょ》と名前《なまえ》をかならず書《か》いてね!!

宮下恵茉先生《みやしたえませんせい》へのお手紙《てがみ》や、この本《ほん》の感想《かんそう》、「キミいつ♡タイムライン」の相談《そうだん》レターは、下《した》のあて先《さき》に送《おく》ってね！ 本名《ほんみょう》を出《だ》したくない人《ひと》は、ペンネームも忘《わす》れずにね☆

〒101-8050
東京都千代田区一ツ橋《とうきょうとちよだくひとつばし》2-5-10
集英社《しゅうえいしゃ》みらい文庫編集部《ぶんこへんしゅうぶ》
『キミと、いつか。』タイムライン係《かかり》

あなたの恋《こい》が物語《ものがたり》に――!?

『キミと、いつか。』、みんなの"胸《むね》きゅん恋《こい》バナ"大募集《だいぼしゅう》

「キミいつ」シリーズが、読者《どくしゃ》のみなさんの恋《こい》のエピソードを募集《ぼしゅう》します！　あなたの恋《こい》バナが、「キミいつ」のお話《はなし》になっちゃうかも?!

おたよりは詳《くわ》しくなくてもだいじょうぶ！

以下《いか》のお手紙例《てがみれい》を参考《さんこう》にしてね☆

『好《す》きになった彼《かれ》は、親友《しんゆう》の彼《かれ》だった』

『ライバルがたくさんいる彼《かれ》を好《す》きになってしまった』

『ずっと友達《ともだち》だと思《おも》っていた彼《かれ》から、まさかの告白《こくはく》!?』

『好《す》きな彼《かれ》とは遠恋中《えんれんちゅう》、切《せつ》ない＞＜』

注意事項《ちゅういじこう》

※いただいたエピソードが、そのまま物語《ものがたり》になるわけではありません。「キミいつ」のお話《はなし》に合《あ》うよう書《か》きかえさせていただきます。

※送《おく》ってくれたおたよりは返却《へんきゃく》できません。

※おたよりに書《か》かれた住所《じゅうしょ》などの個人情報《こじんじょうほう》は使用《しよう》せず、一定期間保管《いっていきかんほかん》したあと廃棄《はいき》します。

※採用《さいよう》された恋《こい》バナがふくまれた物語《ものがたり》が、映像化《えいぞうか》、音声化《おんせいか》など、別《べつ》の形《かたち》で発表《はっぴょう》されることがあります。ご了承《りょうしょう》ください。

片思《かたおも》いの人《ひと》も、両想《りょうおも》いの人《ひと》も、
「わたしの恋《こい》を"キミいつ"の
物語《ものがたり》にして!」と
思《おも》う人《ひと》は、ぜひおたよりを
送《おく》ってください!

採用《さいよう》させていただいた方《かた》のお名前《なまえ》は、
本《ほん》のあとがきでご紹介《しょうかい》します。
ペンネームを忘《わす》れずに書《か》いてね☆

〒101-8050
東京都千代田区一ツ橋《とうきょうとちよだくひとつばし》2-5-10
集英社《しゅうえいしゃ》みらい文庫編集部《ぶんこへんしゅうぶ》
『キミと、いつか。』みんなの
胸《むね》きゅん恋《こい》バナ募集係《ぼしゅうがかり》

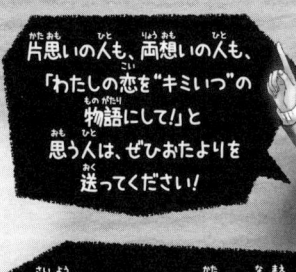

新刊《しんかん》のお知《し》らせ

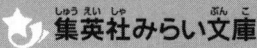

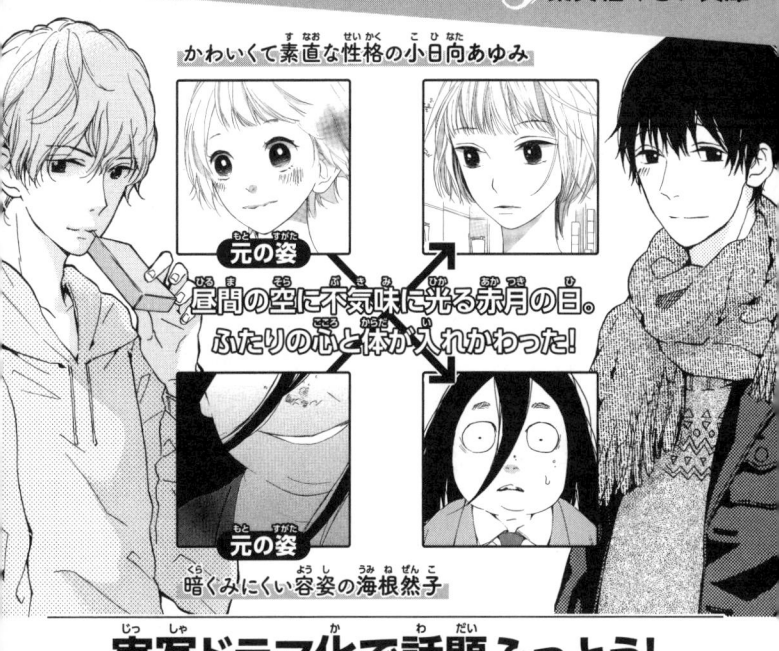

「みらい文庫《ぶんこ》」読者《どくしゃ》のみなさんへ

言葉《ことば》を学《まな》ぶ、感性《かんせい》を磨《みが》く、創造力《そうぞうりょく》を育《はぐく》む……、読書《どくしょ》は「人間力《にんげんりょく》」を高《たか》めるために欠《か》かせません。たった一枚《いちまい》のページをめくる向《む》こう側《がわ》に、未知《みち》の世界《せかい》、ドキドキのみらいが無限《むげん》に広《ひろ》がっている。これこそが「本《ほん》」だけが持《も》っているパワーです。

学校《がっこう》の朝《あさ》の読書《どくしょ》に、休《やす》み時間《じかん》に、放課後《ほうかご》に……。いつでも、どこでも、すぐに続《つづ》きを読《よ》みたくなるような、魅力《みりょく》に溢《あふ》れる本《ほん》をたくさん揃《そろ》えていきたい。読書《どくしょ》がくれる、心《こころ》がきらきらしたり胸《むね》がきゅんとする瞬間《しゅんかん》を体験《たいけん》してほしい、楽《たの》しんでほしい。みらいの日本《にほん》、そして世界《せかい》を担《にな》うみなさんが、やがて大人《おとな》になった時《とき》、「読書《どくしょ》の魅力《みりょく》を初《はじ》めて知《し》った本《ほん》」「自分《じぶん》のおこづかいで初《はじ》めて買《か》った一冊《いっさつ》」と思《おも》い出《だ》してくれるような作品《さくひん》を一所懸命《いっしょけんめい》、大切《たいせつ》に創《つく》っていきたい。

そんないっぱいの想《おも》いを込《こ》めながら、作家《さっか》の先生方《せんせいがた》と一緒《いっしょ》に、私《わたし》たちは素敵《すてき》な本作《ほんづく》りを続《つづ》けていきます。「みらい文庫《ぶんこ》」は、無限《むげん》の宇宙《うちゅう》に浮《う》かぶ星《ほし》のように、夢《ゆめ》をたたえ輝《かがや》きながら、次々《つぎつぎ》と新《あたら》しく生《う》まれ続《つづ》けます。

本《ほん》を持《も》つ、その手《て》の中《なか》に、ドキドキするみらい――。

本《ほん》の宇宙《うちゅう》から、自分《じぶん》だけの健《すこ》やかな空想力《くうそうりょく》を育《そだ》て、〝みらいの星《ほし》〟をたくさん見《み》つけてください。

そして、大切《たいせつ》なこと、大切《たいせつ》な人《ひと》をきちんと守《まも》る、強《つよ》くて、やさしい大人《おとな》になってくれることを心《こころ》から願《ねが》っています。

2011年《ねん》　春《はる》

集英社《しゅうえいしゃ》みらい文庫《ぶんこ》編集部《へんしゅうぶ》